Feuersteinkamp
Wimmelburg
Schwarzfels
Krötingen
Sturmquell
Splitterholm
Hügelgrund
Salzforst
Mondbaum-
wald
Göttersteine
Goldbach
Kirschhag
Eichen-
feuer
Nesselhain
Efeurank
Dämmertal
Apfelfurt
GOTLAND
Nockelford
Beerenbach
ARUKH-
GEBIRGE
2 Tage Marsch
Fuggel
Roter Fluss
Unterberg
Frosching
Mondkreis
Brigid
Knochenwurzel
Rotwasser
Tintlingen
Numping
Schauermoor
Sumpfbüll
ENDERBY
Gänseblum
Finsterbau
Radiesing
Grimmwald
Beerengrund
Distelwollwinkel
Tieftal
Grimmfluss
Waldheim
Silberfels
Spatzenhorst
Sonnenstein
SCHROFFHÖHEN
KLIRRKALT-
GEBIRGE
&
HULSTLAND
3 Tage Marsch
Grüntor
Dornhag
Krauting
Grasholm
ORESTAD
Windweiler
Thrianta
GRÜNES
MEER
Seggenbau
Erzfluss

Kieran Larwood

Podkin Einohr

Der magische Dolch

Kieran Larwood

Podkin Einohr

Der magische Dolch

Band 1

Aus dem Englischen
von Katharina Orgaß

Ravensburger Buchverlag

Bibliografische Information der Deutschen Nationalbibliothek:

Die Deutsche Nationalbibliothek verzeichnet diese Publikation in der Deutschen Nationalbibliografie. Detaillierte bibliografische Daten sind im Internet auf www.dnb.d-nb.de abrufbar.

MIX
Papier aus verantwortungsvollen Quellen
FSC® C114500

1 2 3 4 5 E D C B A

Deutsche Erstausgabe

Originaltitel: *The Five Realms: The Legend of Podkin One-Ear*

First published in 2016 by Faber & Faber Limited
Bloomsbury House, 74–77 Great Russell Street, London WC1B 3DA
Umschlag- und Innenillustrationen: Max Meinzold
Redaktion: Valentino Dunkenberger

Printed in Germany
ISBN 978-3-473-40819-1

www.ravensburger.de

Für Amelie

Ein Barde zu Frostnachten

Knirsch, knirsch. Knirsch, knirsch, hallt es durch die nächtliche Stille. Schwere Schritte stapfen durch kniehohen Schnee.

Eine dicke weiße Decke liegt auf den Hängen der Hügel, die als Schroffhöhen bekannt sind. Das Mondlicht spielt darauf und lässt den Schnee glitzern, als hätte jemand die Landschaft mit Diamantstaub bestreut.

Das Weiß ist makellos und unberührt – abgesehen von der wie hingekritzelten Spur, die sich zwischen den bereiften Bäumen am Fuß der Hügel verliert.

Knirsch, knirsch. Knirsch, knirsch. Der da durch den Schnee stapft, geht gebeugt und stützt sich auf einen dicken Stock. Man könnte ihn für einen alten Mann halten – wäre es nicht viele Hundert Monde her, dass Menschen diese Gegend bevölkerten. Tritt näher, und du wirst erkennen, dass es sich um ein männliches Kaninchen handelt, das auf zwei Beinen geht wie einst die Menschen. Seine Ohren stecken unter der Kapuze eines schweren Lederumhangs, seine scharfen Augen spähen in die mitternächtliche Winterwelt hinaus.

In das dichte Fell auf seinem Gesicht und den Vorderläufen sind blaue Kringel und Muster eingefärbt, die ihn als Barden ausweisen. Einen reisenden Erzähler. Einen Wanderer, dessen einziges Gepäck aus ein paar abgetragenen Kleidungsstücken und den unzähligen Sagen und Geschichten in seinem Gedächtnis besteht: alten Geschichten, neuen Geschichten, verstümmelten und wieder ergänzten Geschichten. Allen Geschichten, die du je gehört hast, und vielen anderen, die noch darauf warten, erzählt zu werden.

Mach dir keine Sorgen, dass er bei dieser Kälte unterwegs ist. Dank seines Berufs ist er landauf, landab in jedem Bau willkommen. So ist es in den Fünf Ländern von Lanica Brauch und Gesetz, und wehe dem, der dagegen verstößt.

Knirsch, knirsch. Knirsch, knirsch, kämpft er sich voran. In der eisigen Luft bildet sein Atem kleine Wolken, und wenn du die Ohren spitzt, hörst du ihn bei jedem mühsamen Schritt vor sich hinschimpfen. Wenn du noch angestrengter lauschst, hörst du sogar die Holzperlen seiner Halsketten klickern und klackern und die Knochenschnitzereien und Taschen an seinem Gürtel dumpf aneinanderschlagen.

Er bewegt sich so zielstrebig, als würde er erwartet und wäre schon spät dran. Aber wo will er eigentlich hin? Ringsum erstreckt sich die bewaldete Schneelandschaft bis zum Horizont. Doch halt – er ist ja ein Kaninchen. Kaninchen leben in warmen, geschützten Bauen und Höhlen unter der Erde, wo ihnen Eis und Schnee nichts anhaben können.

Und ein solcher Bau ist sein Ziel. Er bahnt sich seinen Weg zwischen den Bäumen hindurch, bis er schließlich vor einem mächtigen, zweiflügeligen Tor anhält, das in die Flanke eines niedrigen Hügels eingelassen ist. Es ist das Tor zum Dornhag-Bau, und wenn man ihn dort nicht freudig empfängt, gibt es mächtig Ärger.

Bumm, bumm, bumm! Er schlägt mit dem Stock gegen das Eichenholz und wartet.

In früheren Zeiten, als Kaninchen noch kleine, verschreckte, ängstliche Geschöpfe waren, bestanden ihre Baue nur aus ein paar aneinandergereihten Höhlen und Gängen. Doch eine neue Zeit ist angebrochen, und jetzt erstrecken sich unter der Erde ganze Dörfer und Städte, die dem Blick verborgen sind.

Der Barde weiß, dass auch hinter diesem Tor Schlafkammern und Marktplätze liegen, Werkstätten, Heiligtümer, Bibliotheken, Vorratshöhlen, Speisekammern und mindestens zehn Küchen, die sämtliche Bewohner versorgen. Hier leben Krieger und Heiler, Diener, Köche, Schmiede und Weber, Schneider, Töpfer und Maler. Alte und Junge, Arme und

Adlige – alle Schichten und Berufe hausen in den heimeligen, von Fackeln erleuchteten Unterkünften, die um den Mittelpunkt eines jeden Kaninchenbaus herum angeordnet sind: die Langhöhle, ein riesiger Festsaal mit einer großen Feuerstelle, Reihen von Tischen und fast immer auch mit Musik. Mit Musik und fröhlicher Geselligkeit, wie alle Kaninchen es mögen. Ganz besonders an diesem Abend, denn heute ist Frostnachten, und zur Feier der Wintersonnenwende findet ein großes Festmahl statt. Und am nächsten Morgen hat dann das geheimnisvolle Winterkaninchen Geschenke dagelassen.

Geschichten dürfen da natürlich nicht fehlen. Geschichten, wie sie nur ein wandernder Barde erzählen kann – wenn man ihm endlich Einlass gewährt!

Bumm, bumm, bumm! Er hämmert abermals gegen das Tor und holt soeben zum dritten Mal mit dem Stock aus, als er drinnen jemanden rufen hört: „Ist ja gut, ich komm ja schon!" Es folgen ein paar abfällige Bemerkungen über leichtsinnige Dummköpfe, die sich in einer solchen Nacht draußen herumtreiben, doch das dicke Holz dämpft sie zum Glück. Dann öffnet sich das Tor quietschend einen Spalt, goldgelbes Licht fällt auf den Schnee, und der Oberkörper eines stämmigen Kriegers erscheint.

„Bei der Großen Göttin – wer bist *du* denn?", fragt der Krieger und mustert den Fremden argwöhnisch. Die hellgrünen Augen unter der Lederkapuze erwidern seinen Blick.

„Begrüßt man etwa so einen Barden, der den weiten Weg auf sich genommen hat, um an Frostnachten seine Geschichten vorzutragen?", ertönt es gebieterisch. „Werden die alten Bräuche hier in Dornhag nicht mehr gepflegt?"

Der Krieger überragt den Barden wie ein gepanzerter Hügel, trotzdem erschrickt er. „Verzeihung, mein Herr", sagt er rasch und stößt die Tür mit der Schulter ein Stück weiter auf. „Kommt herein und wärmt Euch in dieser kalten Nacht der Winterwende an unserem Feuer ..."

„Winter*sonnen*wende, Rübenkopf!", knurrt der Barde und tritt ins Warme und Helle. Das schwere Tor fällt hinter ihm zu, und er schüttelt den Schnee von seinem Umhang. „So! Und wo geht's jetzt zum Feuer?" Doch dabei durchquert er die geflieste Eingangshalle, als wäre er schon Hunderte Male hier gewesen.

„Hä? Was soll denn ein Wintersonnenwende-Rübenkopf sein?", brummelt der verdutzte Wachposten, dann trabt er hinter dem Alten her.

So wie die Langhöhle der Mittelpunkt jedes Baus ist, so ist der Stammesführer der Mittelpunkt jedes Kaninchenstamms. Er übernimmt dieses Amt von seinem Vater und wird es eines Tages an seinen Sohn weitergeben. Zusammen mit seiner Gattin trifft er sämtliche wichtigen Entscheidungen, schlichtet sämtliche Streitfälle und richtet sämtliche Feste und Feiern aus.

Der Stammesführer der Dornhag-Kaninchen ist Hubert

der Breite. Ein großer, dicker Bursche mit braunweiß geflecktem Fell, Ohren bis zu den Knien und einem Bauch, auf dem ein ganzer Kaninchenstamm Platz hätte. Gerade eben sitzt er am oberen Ende der Festtafel auf seinem Thron und hat eine aus Brombeerranken geflochtene Krone auf dem Kopf. Über seinem gescheckten Wanst spannt sich das Wams, und er schmettert ein lustiges Lied über das Winterkaninchen, das im Eingang zu seinem Bau stecken geblieben ist und von den Kaninchenkindern ausgelacht wird. Als der Barde den Saal betritt, unterbricht sich Hubert, steht auf und erhebt zum Gruß sein Trinkhorn.

„Willkommen, Barde!“, ruft er mit einer Donnerstimme, die Erde von der Saaldecke rieseln lässt. „Fröhliche Frostnachten!“

„Schon besser“, brummt der Barde und schlägt seinen Umhang zurück. Die Kapuze lässt er auf, doch im Feuerschein erkennt man die ins Fell seiner entblößten Vorderläufe eingefärbten Kringel.

„Wir haben dich nicht erwartet“, fährt Hubert fort, „aber Frostnachten ist ja immer voller Überraschungen. Willst du dir dein Abendessen mit Gesang verdienen?“

„Zum Singen taugt meine Stimme nicht mehr. Dafür bin ich zu alt“, erwidert der Barde belustigt, nimmt am Feuer Platz und wärmt sich die Pfoten. „Aber vielleicht lasse ich mich ja zu ein, zwei Geschichten überreden.“

„Schnell, bringt ihm was zu essen! Beeilung!“, ruft Hubert seinen Maulschenken zu und schlackert ungeduldig mit den Ohren. Die beiden sausen los und kehren im Nu mit einer Schale cremiger Rübensuppe und einem Teller Maisbrot zurück. Der Barde fällt wie ein Verhungernder darüber her. Als er fertig ist, wischt er sich mit der Pfote das Maul.

„Ich schätze, das ist eine Geschichte wert. Was wollt ihr denn hören?“

Die Kaninchenkinder drängen sich um ihn, und alle rufen durcheinander: „Die Geschichte von Beohoppel!“ – „Nein, die vom Fischerkaninchen!“ – „Die von Podkin Einohr!“

Der Barde lehnt sich zurück. „Habe ich da eben Podkin Einohr gehört? Meint ihr etwa Podkin, den gehörnten König? Den Mondläufer? Podkin mit dem Zauberdolch?“ Als die Kleinen eifrig nicken und aufgeregt quietschen, verschränkt er die gemusterten Vorderläufe und streicht sich den Bart. „Ich habe tatsächlich ein paar Geschichten über Podkin auf Lager, aber sie sind ganz anders als die, die ihr sonst zu hören bekommt. Meine Geschichten handeln nicht davon, dass Flammen aus seinen Augen lodern oder dass er mit bloßen Pfoten ein Riesenkaninchen erwürgt. Nichts von alledem.“

„Wovon handeln deine Geschichten denn dann, Barde?“ – „Warum sind sie anders?“ – „Warum kommen keine Flammenaugen und Riesenkaninchen darin vor?“

„Meine Geschichten sind anders“, gibt der Alte zurück,

„weil sie *wahr* sind. Und weil es Flammenaugen nur im Märchen und in der Fantasie törichter Kaninchenkinder gibt." Dann hebt er Ruhe gebietend die Pfote und beginnt zu erzählen.

Das schlimmste Frostnachten aller Zeiten

Erst einmal müsst ihr wissen, wer die Gorm waren. Heutzutage – der Großen Göttin sei Dank – sind sie nur noch eine böse Erinnerung, doch als eure Großeltern klein waren, lebten die Kaninchen in ständiger Furcht vor ihren schrecklichen Reitern, dem nächtlichen Klirren ihrer Rüstungen und dem schaurigen Widerhall ihrer Schlachthörner.

Die Gorm.

Wie sie eigentlich entstanden, weiß niemand, aber sie tauchten zuerst in einem Bau namens Sandufer im Norden von Enderby auf, wo der Rote Fluss ins Meer mündet.

Dort hatte sich ein kleiner Kaninchenstamm niedergelassen. Graue Marderkaninchen, die gern fischten, segelten und

Boote bauten. Sie taten niemandem etwas zuleide, und niemand schenkte ihnen besondere Aufmerksamkeit – bis eines Tages alles anders wurde.

Mal heißt es, das Flusswasser hätte ihr Blut verseucht. Dann wieder, sie hätten zu tief gegraben und seien auf etwas Giftiges, Verfluchtes gestoßen. Oder aber sie seien verhext worden. Wie auch immer – die harmlosen Sandufer-Kaninchen verwandelten sich in böse, unnatürliche Geschöpfe, wie sie die Welt noch nicht gesehen hatte.

Als Erstes veränderte sich nach und nach ihr Bau, bis aus dem Boden darüber schließlich große Metallstacheln ragten wie giftige Stachelschweinborsten. Darum herum verfärbte sich die Erde schwarz, als sei sie verbrannt, und auch das Wasser des Roten Flusses wurde schwarz und ungenießbar. Die Tiere, die in der Umgebung lebten, wurden krank und missgebildet oder starben sogar.

Die anderen Kaninchenstämme benannten den Bau daraufhin in Splitterholm um und machten einen großen Bogen darum, was ihnen aber nichts nützte, wie ihr noch hören werdet.

Dann tauchten die Bewohner des Baus wieder auf. Doch sie waren nicht wiederzuerkennen, weil sie vom Kopf bis zu den Hinterpfoten in eisernen Panzern steckten. Dabei ist Eisen bekanntlich das einzige Metall, das Kaninchen nicht bearbeiten können und das sogar für die Große Göttin selbst schädlich ist.

Die Sandufer-Kaninchen jedoch hatten dieses Metall nicht nur bearbeitet und geschmiedet, sie waren auf unerklärliche Weise eins mit ihm geworden, als wäre ihnen das Eisen unter die Haut gedrungen. Es strömte durch ihre Adern und sickerte in ihre Augen, bis diese trüb und rostrot wurden. Die Kaninchen setzten das Eisen aber auch ein, um andere Lebewesen zu verwandeln und sich untertan zu machen, zum Beispiel die dümmlichen Riesenratten, die allen Kaninchen als Lasttiere dienen, und auch die schwarzen Krähen aus dem benachbarten Wald. Letztere wurden zu kreischenden Schwärmen gepanzerter Harpyien.

Als die ehemaligen Sandufer-Kaninchen Splitterholm schließlich verließen, zogen sie plündernd und mordend durch die Lande und verbreiteten Angst und Schrecken. Von da an nannte man sie nur noch „die Gorm".

Wären sie zu eurem Bau gekommen, hätten sie euren Anführer und seine Söhne umgebracht und eure Krieger niedergemetzelt. Anschließend hätten sie die Hälfte von euch verschleppt, um euch in Göttin-weiß-was zu verwandeln. Die andere Hälfte hätte ihr elendes Dasein damit gefristet, für die neuen Herren Proviant und dergleichen aufzutreiben, und ständig in der Angst gelebt, ebenfalls verschleppt zu werden und ein schreckliches Schicksal zu erleiden.

Ja, es waren wahrhaftig finstere Zeiten für die ganze Kaninchenheit.

Es war aber auch die Zeit, da Podkin Einohr lebte. Damals war er allerdings noch kein Held – er hatte noch keine Riesenkaninchen getötet und keine Räuberbanden gegründet, und es lag ihm noch herzlich fern, irgendwelche entführten Kaninchenmädchen zu befreien, denn er war noch ein junger Bursche, gerade mal acht Sommer alt. Ach ja, und er besaß auch noch beide Ohren.

Podkin war der Sohn von Lopkin, dem Stammesführer der Gänseblum-Kaninchen. Eines Tages würde er den Stamm selbst anführen, so wie jetzt noch sein Vater und einst dessen Vater … und immer so weiter bis in jene Vorzeit, da die Große Göttin die Zwölf Stämme erschuf. Doch bis dahin war es noch sehr, sehr lange hin – was Podkin nur recht war.

Podkin hatte eine große Schwester namens Paz, die ihn gern herumkommandierte, und einen kleinen Bruder namens Puk, der noch nicht viel konnte, außer auf irgendwas herumzukauen und Suppe zu schlabbern.

Nun könnte man ja denken, dass jemand wie Podkin schon in jungen Jahren erste Anzeichen künftigen Heldentums erkennen ließ, zum Beispiel, weil er meisterhaft mit dem Schwert umzugehen wusste oder weil er durch ein ungewöhnliches Maß an Tapferkeit, Mut, Klugheit und Entschlossenheit auffiel.

Irrtum.

Wenn überhaupt, fiel er dadurch auf, dass er womöglich der faulste, verwöhnteste Sohn eines Stammesführers in ganz

Lanica war – zumindest in seiner Jugend. Dabei tat sein Vater Lopkin sein Möglichstes, um ihn auf seine künftige Aufgabe vorzubereiten. Er ließ ihn in Geschichte, Kaninchenkunde und in den Kriegskünsten unterrichten, aber Podkin schwänzte, so oft es nur ging. Tagträumen und Schlafen waren das Einzige, wofür er sich erwärmen konnte, und man muss ihm lassen, dass er beides hervorragend beherrschte. Er brachte seine Lehrer zur Verzweiflung, vor allem den armen Waffenmeister Melfry, der mindestens drei Mal kündigte, weil er es mit seinem Schüler nicht mehr aushielt. Der künftige Stammesführer interessierte sich schlicht nicht für das, was von ihm erwartet wurde.

So kam es, dass an einem schönen Frostnachtabend – so wie heute einer ist – der junge Podkin Einohr (beziehungsweise damals noch Zweiohr) oben auf der hölzernen Empore saß, die einmal um die Langhöhle des Gänseblum-Baus herumführte. Er schob geistesabwesend einen Spielzeugwagen hin und her, mampfte ein Stück Maisbrot, das er aus der Küche stibitzt hatte, und tagträumte vom Winterkaninchen, das in dieser Nacht kommen und hoffentlich einen Sack voller Geschenke dalassen würde. Ob er die Holzkrieger bekommen würde, die er sich gewünscht hatte? Und das Spielzeugschwert mit dem dazu passenden Schild? Oder würde er wieder wie letztes Jahr enttäuscht sein, weil er nur eine schlampig gestrickte Jacke bekam?

„Was machst du denn hier oben, Pod?" Seine Schwester hatte sich auf Zehenspitzen die Treppe hochgeschlichen und stand nun mit ärgerlicher Miene vor ihm. Sie hatte den kleinen Puk auf dem Arm, der auf einer Möhre herumkaute. „Mutter hat gesagt, ich soll dich holen. Es gibt gleich Rübensuppe, und dann wird die Frostpolka getanzt. Du sollst dabei sein, weil du ja mal Stammesführer wirst."

Paz konnte sich nur schwer damit abfinden, dass sie den Stamm niemals anführen würde, obwohl sie doch die Erstgeborene der drei Geschwister war. Aber es war nun mal Tradition, dass immer der älteste Sohn dieses Amt erbte.

Podkin gähnte demonstrativ. „Die Frostpolka ... wie aufregend." Er nahm seiner Schwester den kleinen Puk ab und kitzelte ihn am Bauch. Unten im Saal war das Fest schon in vollem Gange, und Podkin hatte nicht die geringste Lust mitzufeiern. „Dann geh mal von der Treppe weg, damit ich runterlaufen und die Haxen schwingen kann, wenn's unbedingt sein muss."

„Wenn du nicht runtergehst, kriegst du Ärger", gab Paz zurück. „Weißt du überhaupt, was es bedeutet, Stammesführer zu sein? Niemand respektiert einen Anführer, der immer nur spielt, seinen kleinen Bruder kitzelt und sich bei jeder Gelegenheit verdrückt, um seinen Tagträumen nachzuhängen."

Podkin zog einen beleidigten Flunsch. „Du bist ja bloß neidisch, weil du glaubst, du wärst besser geeignet als ich."

„Ist ja auch so! Das sieht doch ein blindes Kaninchen mit dem Krückstock." Paz zählte an den Fingern ab: „Ich bin die Älteste von uns dreien. Ich gehorche Vater und Mutter. Ich erscheine stets zum Unterricht, statt mich im Gras zu verstecken und Gänseblümchen zu zählen wie eine rattenhirnige Dumpfbacke. Wenn es auf der Welt gerecht zuginge, dürften auch Mädchen Stammesführer werden – statt verzogene Bengel wie du, die so was gar nicht verdienen!"

Podkin wollte sich gerade auf seine Schwester stürzen und ihr die Ohren lang ziehen, als plötzlich ein Schlachthorn erschallte. Die drei Geschwister liefen ans Geländer und spähten in den Saal hinab. Dort unten griffen die Krieger zu Lanzen und Schilden, die Kinder wurden in die Ecken gescheucht, und ihr Vater Lopkin hatte sein Schwert gezogen. Sein großes silbernes Breitschwert, dem Zauberkräfte nachgesagt wurden.

„Winterninchen! Winterninchen tommt!", rief der kleine Puk aufgeregt und versuchte sich loszureißen.

Podkin vergaß seinen Streit mit Paz. „Nein, das ist nicht das Winterkaninchen. Da kommt irgendein Eindringling. Und Eindringlinge lassen für gewöhnlich keine Geschenke da."

Das ängstliche Raunen der im Saal Versammelten drang bis zu ihnen empor. „Ein Reiter!", hörten sie, dann: „Ein einzelner Reiter", dann: „Ein Reiter mit einer Rüstung ... aus

Eisen!", und schließlich: „Das sind die Gorm! Die Gorm sind im Anmarsch!"

Letzteres löste allgemeine Panik aus. Lopkin rief einen Befehl, wurde aber vom Tumult übertönt. In dieser Situation brauchte der Stamm einen starken Anführer, der sich durchsetzen konnte.

Lopkin holte noch einmal tief Luft und donnerte mit seiner lautesten Kommandostimme: *„Ruhe!"*

Sofort hielten alle erschrocken inne, und Hunderte verängstigte Augen richteten sich auf den Stammesführer, der mit blitzendem Zauberschwert hoch aufgerichtet dastand. Er ließ eine Pause eintreten, dann sagte er ruhig: „Ja, ein Reiter wurde gesichtet. Und ja, er ist ein Gorm. Aber er ist allein und schwenkt die weiße Friedensfahne. Wir werden ihn empfangen und uns anhören, was er zu sagen hat."

Schon hallte das Knarren des schweren Eichentores durch den Bau, und die Kaninchen in der Langhöhle wichen an die Wände zurück. Die Krieger packten ihre Lanzen fester, und alle hielten den Atem an. Dann hörte man jemanden kommen.

„Glaubst du, das geht gut aus, Paz?", wandte sich Podkin im Flüsterton an seine große Schwester. Er bewunderte seinen hochgewachsenen, starken Vater sehr und hatte ihn immer für unbesiegbar gehalten – jedenfalls bis jetzt.

„Ich weiß nicht", erwiderte Paz, „aber Vater hat ja sein Zauberschwert …"

Als Podkin den Ausdruck in ihren Augen sah, bekam er es zum ersten Mal in seinem jungen Leben richtig mit der Angst zu tun.

Der Stammesführer rief den traditionellen Gruß in den Gang hinein, der vom Eingang des Baus zur Festhöhle führte: „Tritt ein, Fremder, und sei uns an diesem Frostnachtsabend willkommen."

Klirr.

Quiiiiietsch.

Metall, das auf Metall schabte, dazu die dumpfen Tritte schwerer Lederstiefel. Offenbar war der Ankömmling von seinem Reittier – worum auch immer es sich handelte – abgestiegen. Hundertfünfzig verschreckte Kaninchen wagten nicht, sich zu rühren.

Klirr.

Quiiiiietsch.

Puk fing leise zu weinen an. Die Geschwister sahen, wie sich in dem dunklen Gang eine gedrungene Gestalt abzeichnete. Der rötliche Schein der Fackeln in der Festhöhle ließ Metall aufblinken.

„Tritt ein!", wiederholte Lopkin. „Wir tun dir nichts."

Mit einem letzten Quietschen trat die Gestalt aus dem Gang, machte dann einen Satz und stand auf einmal inmitten der Krieger.

Alle Gänseblum-Kaninchen hatten schon Schauergeschichten über die Gorm gehört, hatten aber noch nie Gelegenheit gehabt, deren Wahrheitsgehalt zu überprüfen.

Der Ankömmling war kein Kaninchen mehr – falls er je eines gewesen war. Er war ein wandelnder Berg aus Fleisch und Metall, aus dem rostige Stacheln und Nägel ragten. Seine Rüstung bestand aus übereinandermontierten, zerschrammten Eisenplatten, die dunkle Flecken aufwiesen – teils von Rost, teils von etwas Rotem, das verdächtig nach getrocknetem Blut aussah. Sein Kopf steckte bis zum Halsansatz in einem Helm, der ebenfalls über und über mit spitzen Stacheln besetzt war und auf dem obendrein zwei krumme Metallhörner prangten, die fast die Höhlendecke streiften. Hinter zwei schmalen Schlitzen glänzten mattrote, von rostbraunen Adern durchzogene Augen.

Podkin hatte solche Angst, dass er am liebsten auch losgeweint hätte. Am meisten erschreckte ihn das schwarze, gezackte Eisenschwert des Unbekannten – und die Schädel, die an seinem Gürtel baumelten. Kaninchenschädel, die mit unheimlichen Runen bemalt waren. Schädel aller Größen, auch ganz kleine, wie von Kindern.

Der Gorm wandte den Kopf hin und her und musterte nacheinander die Bewohner des Baus, dann richtete er den Blick auf Lopkin.

„Dein Willkommen kannst du dir sparen", entgegnete er mit einer tiefen Stimme, die in seinem Eisenpanzer widerhallte. Es war die eiskalte Stimme eines Mörders. „Ich bin gekommen, um euren Bau zu beschlagnahmen. Und um dir deine Zauberwaffe abzunehmen."

Sofort richteten sich sämtliche Lanzen auf ihn, doch er legte nur den Kopf schief, als sei er neugierig, und stieß sein Schwert dreimal auf den Boden.

Ein dumpfes Grollen drang aus der Erde, und der Boden der Langhöhle erbebte so heftig, dass er Risse bekam. Die Kaninchen wichen zurück, als Bänke und Tische umkippten, die Bodenfliesen zersprangen und die Erde darunter sich wölbte und aufbrach. Aus dem Krater kam ein Gorm nach dem anderen geklettert und schüttelte sich die Erde vom Stachelpanzer. Den Gänseblum-Kaninchen verschlug es die Sprache, sie waren wie gelähmt. Fünf, zehn, fünfzehn Gorm und noch mehr, ein jeder in eiserner Rüstung und mit einer Streitaxt oder einem Schwert bewaffnet.

„Hiermit gehört dieser Bau uns!", verkündete einer von ihnen mit einer Stimme so schrill wie das Quietschen seines Panzers. „Wer etwas dagegen hat, ist des Todes. So will es der Anführer aller Gorm."

„Scramashank", sagte Lopkin halb laut, denn alle Kaninchen kannten und fürchteten den Namen dieses obersten der Gorm. Dann hob Lopkin sein Silberschwert und nahm Kampfhaltung ein. „Lass meinen Stamm aus der Sache raus, Scramashank. Wir beide regeln das unter uns."

„Das ist nicht mehr dein Stamm“, gab Scramashank lachend zurück, als wäre das Ganze nur ein ausgefallener Frostnachtsscherz. „Das sind jetzt alles Gorm – jedenfalls gleich. Sobald du tot bist.“

Er schwang sein Eisenschwert hoch über den Kopf und wollte Lopkin in der Mitte spalten, doch der Stammesführer parierte mit seinem Silberschwert, und es schepperte ohrenbetäubend, als sich die beiden Klingen Funken sprühend kreuzten.

„Vater!“, riefen Podkin und Paz entsetzt, und der kleine Puk weinte lauter.

Sie sahen noch, wie Lopkin den Kopf hob und zu ihnen emporschaute und wie Scramashank zum nächsten Hieb ausholte, dann packte sie jemand von hinten und zerrte sie vom Geländer weg.

Sie schrien alle drei auf, weil sie glaubten, ein Gorm habe sich an sie angeschlichen, doch es war nur ihre Tante Olwyn. Das Fell unter ihren Augen war tränennass, aber ihre Miene war grimmig.

„Kommt mit, ihr drei.“ Sie zog sie in Richtung Treppe.

„Aber … aber Vater …“, protestierte Podkin.

Sie schnitt ihm das Wort ab. „Euer Vater kommt allein zurecht, und wir vier fliehen jetzt, ehe die Gorm euch auch noch holen.“

Sich zu wehren hatte keinen Zweck. Olwyn war stark. Von

unten ertönten jetzt Schlachtgeschrei und Waffengeklirr, doch die Kaninchenkinder hasteten mit ihrer Tante durch die Gänge, bogen mal rechts und mal links ab und kamen schließlich an der Schlafkammer ihrer Eltern heraus.

„Rein mit euch!", raunte die Tante, schob sie vor sich her durch die Tür und legte von innen den Riegel vor. Dann lief sie zum Bett und kramte darunter herum.

„Was machst du da, Tante? Wir müssen zurück! Wir müssen Vater helfen!"

„Eurem Vater ist nicht mehr zu helfen. Er wird bald im Drüben weilen, die Göttin stehe ihm bei", schnaufte die Tante. Als sie wieder aufstand, hatte sie etwas in der Pfote, das lang, schmal und in Stoff gewickelt war. Sie warf es Podkin zu.

„Dein Vater hat mir aufgetragen, dir das hier zu geben, falls ihm einmal etwas zustoßen sollte. Und eure Mutter hat mir aufgetragen, euch hierher zu bringen, falls der Bau überfallen würde."

„Hierher in die Schlafkammer unserer Eltern?" Paz sah ihre Tante an, als sei Olwyn nicht recht bei Verstand, aber Podkin spähte schon neugierig unter den Stoff. Das Bündel enthielt einen zerschrammten alten Kupferdolch mit stumpfer Klinge. In den grob geschmiedeten Knauf war ein primitives Gesicht eingeritzt.

„Hier gibt es einen Geheimgang." Olwyn ruckte an einem Bettpfosten, und in der Wand öffnete sich eine kleine Tür. Sie küsste jedes Kind flüchtig auf die Stirn. „Geht jetzt", sagte sie. „Rennt durch den Gang ins Freie, und dann lauft zum Rotwasser-Bau und bittet dort um Hilfe. Und kommt auf gar keinen Fall hierher zurück! Niemals!"

„Aber was wird aus dir? Und aus Mutter?", wollte Podkin wissen.

„Mach dir um uns keine Sorgen, wir kommen schon klar. Und wenn nicht, sehen wir uns im Drüben wieder. Denkt immer dran, dass eure Eltern euch sehr lieb haben, Kinder. Ihr seid ihr Ein und Alles."

Damit schob sie die drei in den Geheimgang, und ehe sie sich sträuben konnten, hatte Olwyn schon die kleine Tür hinter ihnen zugedrückt und verriegelt.

Sternenklaue

Die schreckliche Flucht der schluchzenden Kinder durch den finsteren Gang brauche ich euch wohl nicht näher zu schildern. Auch nicht, wie die drei ins Freie gelangten, durch die schneesturmgepeitschte Nacht hasteten und jeden Augenblick darauf gefasst waren, dass ein Feind hinter einem Baum hervorspringen würde und ihre letzte Sekunde auf dieser elenden Welt angebrochen wäre.

Ich überspringe auch, wie oft sie daran dachten, umzukehren und ihrer Mutter, ihrer Tante und ihren Freunden irgendwie beizustehen. Oder wie oft eines von ihnen vom Kummer überwältigt wurde und sich auf die gefrorene Erde fallen ließ, sodass ihn das andere hochziehen und zum Weiterlaufen überreden musste.

Was genau in dieser grauenvollen Nacht geschah, wissen nur die beiden Geschwister (Puk war zum Glück noch zu klein, um zu verstehen, was los war – er begriff nur so viel, dass er fror, Hunger hatte und seine Mama wollte), und keines von ihnen sprach jemals wieder darüber, auch nicht mit dem jeweils anderen.

Für euch ist nur wichtig, dass die drei, als der Horizont im Osten heller wurde, auf eine Lichtung kamen und sich unter einer alten Eiche erschöpft in den Schnee fallen ließen.

„W-was glaubst du, wo wir hier sind?", brachte Podkin mühsam hervor. „Ist es noch weit bis zum Rotwasser-Bau?"

„Woher soll ich das wissen?", gab Paz zurück. Sie hatte Puk unter ihr Kleid gesteckt, sodass wenigstens dem Kleinsten von ihnen halbwegs warm war. „Ich habe schon nach fünf Minuten im Freien die Orientierung verloren. Wenn du im Erdkundeunterricht besser aufgepasst hättest …"

„*Du* hast doch angeblich immer aufgepasst! Und wenn nicht mal du weißt, wo wir hier sind, war der Unterricht offenbar Zeitverschwendung, oder?"

Daraufhin schwiegen beide eine Weile. Ihnen war bewusst, wie gefährlich es war, sich bei diesem Wetter im Wald zu verlaufen. Die Kälte war tödlich, außerdem konnten überall hungrige Wölfe und Bären lauern, von den Gorm ganz zu schweigen.

„Ich bin dafür, dass wir …", setzte Paz an, doch da ertönten über ihnen plötzlich klatschende Flügelschläge. Ein großer Vogel flatterte auf und verschwand im Schneetreiben über den Baumkronen. „Eine Krähe", stellte Paz aufatmend fest. „Ich dachte schon, es wäre …"

„Das war keine gewöhnliche Krähe", entgegnete Podkin im Flüsterton, „das war eine von ihnen! Hast du nicht die Eisenstacheln gesehen, die aus ihr rauswuchsen? Und ihre Augen … die waren auch ganz rot und trüb …"

„Deine Fantasie hat dir einen Streich gespielt, Pod. Das ist nicht verwunderlich nach dem, was wir erlebt haben."

„Gar nicht! Ich hab's genau gesehen!"

„Wie soll eine Krähe denn ein Gorm sein, bitte schön?"

„Weißt du nicht mehr, was uns Vater erzählt hat?" Podkin weinte jetzt wieder. Dicke Tränen tropften aus seinen Augen und schmolzen kleine Löcher in den Schnee. „Die Gorm verwandeln andere Lebewesen, zum Beispiel Krähen und Ratten. Sie machen sie zu ihren Sklaven. Die Krähe hat uns gesehen und ist davongeflogen, um uns zu verraten."

Paz war immer noch skeptisch, aber sie mussten sich sowieso aufraffen und weiterlaufen. Vielleicht entdeckten sie ja irgendeinen Hinweis darauf, wo sie sich befanden. Wenn nur der verflixte Schnee nicht wäre, der alles zudeckte!

Sie rückte den schlafenden Puk unter ihrem Kleid zurecht und stand auf, blieb aber gleich wieder stehen, weil Podkin ihr nicht folgte. Er steckte die Nase in das Stoffbündel, das ihm

Tante Olwyn gegeben hatte. „Komm schon, Pod! Wir müssen weiter!"

Podkin rührte sich nicht vom Fleck. „Warte mal kurz. Ich hab hier was entdeckt."

Seit sie den elterlichen Bau verlassen hatten, hatte er sich nicht weiter mit dem Dolch befasst, außer dass er ihn ab und zu als Wanderstock benutzt hatte, um im Schnee besser voranzukommen. Doch jetzt, da es hell wurde, war er neugierig, was daran eigentlich so besonders war. Als er wieder unter den Stoff gespäht hatte, hatte er gesehen, dass um die Klinge ein Pergamentstreifen gewickelt war. Den zog er jetzt heraus.

„Guck mal, eine Botschaft." Er hielt Paz den Streifen hin. „Lies du. Ich kann kein Ogham."

Wie ihr sicherlich wisst, ist Ogham eine alte Schriftsprache, die früher dazu diente, Pfähle, Bäume und Findlinge zu bezeichnen. Podkin war immer zu faul gewesen, sie zu erlernen, so wie er auch für die anderen Unterrichtsfächer zu faul gewesen war – was er jetzt bitter bereute.

Als Paz das Geschriebene überflogen hatte, keuchte sie überrascht: „Das ist ein Brief von Mutter!"

Meine geliebten Kinder!

Wenn ihr das hier lest, sind unsere schlimmsten Albträume wahr geworden, und die Gorm haben Gänseblum überfallen. Der Göttin sei Dank, dass euch die Flucht gelungen ist. Der Dolch, den ihr in den Pfoten haltet, ist der wertvollste Schatz unseres Stammes.
Er besitzt Zauberkräfte und trägt den Namen „Sternenklaue". Euer Vater hat immer behauptet, sein Silberschwert sei unsere Zauberwaffe, aber das stimmt nicht – es ist diese schlichte Kupferklinge.
Der Dolch gehört zu den Zwölf Gaben, die den ersten Kaninchenstämmen zu Anbeginn der Zeiten geschenkt wurden. Er mag unscheinbar aussehen, doch seine Klinge durchtrennt alles. Alles außer Eisen.
Aus uns unbekannten Gründen sind die Gorm hinter den Zwölf Gaben her, sodass dieser Dolch auf keinen Fall in ihren Besitz gelangen darf. Dafür müsst nun ihr drei sorgen.
Flieht, meine geliebten Kinder, lauft weit, weit weg. Euer Vater und ich lieben euch mehr, als Worte ausdrücken können.

Eure Mutter

Hätte Paz nicht schon so viel geweint, dass sie keine Tränen mehr hatte, wäre sie abermals in Schluchzen ausgebrochen. Doch so stand sie nur auf, taub von innen wie von außen, und betrachtete die Waffe in den Pfoten ihres Bruders.

Podkin fiel nichts anderes ein als: „Wie sollen wir uns mit einer Zauberklinge verteidigen, die alles außer Eisen durchtrennt, wenn wir es mit einer Horde eisengepanzerter Krieger zu tun haben?"

„Was hattest du denn damit vor, Schlaumeier? Wolltest du umkehren und die Gorm in Stücke hacken?"

Podkin zuckte die Achseln. „Es ist doch eine Zauberwaffe!"

„Aber wir sind keine Helden aus einer Legende. Wir sind noch Kinder."

Podkin schaute wieder den Dolch an. Ein nutzloses Stück Metall, und trotzdem für die Gorm so wertvoll, dass sein Vater deswegen hatte sterben müssen. Podkin war so durcheinander und wütend, dass er den Dolch am liebsten in hohem Bogen in den Schnee geschleudert hätte.

Nur die Bitte seiner Mutter hielt ihn davon ab. Ob er sie jemals wiedersehen würde? Er versuchte, sich an die letzten Worte zu erinnern, die sie zu ihm gesagt hatte, an ihre letzte Umarmung … doch es gelang ihm nicht. Sosehr er sich auch anstrengte, sein Kopf war wie leer gefegt.

Flieht, meine geliebten Kinder, lauft weit, weit weg. Damit musste er sich begnügen. Um seiner Mutter willen würde er auf den Dolch aufpassen. Er wickelte ihn samt dem Pergamentstreifen wieder ein und sah seine Schwester fragend an.

„Und was machen wir jetzt? Wir wissen immer noch nicht, wo wir sind."

„Der Rotwasser-Bau liegt im Nordosten, und die Sonne geht im Osten auf. Also müssen wir da lang."

Podkin war zumute, als könnte er keinen Schritt mehr laufen und schon gar nicht bis zum Rotwasser-Bau. Er wollte eben Einwände erheben, als er im Wald hinter ihnen ein ungewöhnliches Geräusch zu hören glaubte.

Die Geschwister spitzten die Ohren. Die dicken Flocken dämpften alles, doch da war es wieder – übertönte die vertrauten Waldgeräusche und Puks leises, pfeifendes Schnarchen. Es überlief sie kalt – beziehungsweise, es hätte sie kalt überlaufen, wenn sie nicht sowieso schon halb erfroren gewesen wären.

Es war das widerhallende Tuten eines Schlachthorns, und es wurde von Mal zu Mal lauter. Und noch etwas anderes war zu hören – das Klirren und Quietschen von Eisenplatten.

Die Kunst des Holzfällens

Wenn Kaninchen eines so richtig gut können, dann ist es Weglaufen. Das geht noch auf jene Zeit zurück, als Kaninchen leckere Fellknäuel waren, die ganz oben auf sämtlichen Speisekarten standen und sich vor ihrem eigenen Schatten erschreckten. Die leiseste Ahnung einer Gefahr – und wir flitzten in unsere Baue, damit uns nicht jemand Hungriges mit scharfen Zähnen zum Frühstück verspeiste.

Doch Podkin und Paz waren in dieser kalten, langen Nacht schon genug weggelaufen. Ihnen tat alles weh, und an ihrem Fell waren dicke Schneeklumpen festgefroren. Weil sie Puk die ganze Zeit tragen musste, hatte Paz außerdem lahme Vorderläufe, auch wenn der Kleine nicht viel wog. Trotz ihrer Panik vor den herannahenden Gorm konnten sich die beiden Geschwister nur noch mit Mühe voranschleppen. Doch die grausigen Geräusche hinter ihnen wurden mit jedem Herzschlag lauter.

Paz hievte Puk trotz seines protestierenden Quiekens ein Stück höher. „Wir müssen schneller laufen, Pod!"

„Ich laufe ja schon, so schnell ich kann", keuchte Podkin.

Hätte er noch die Kraft dazu gehabt, hätte er eine patzige Bemerkung hinterhergeschoben, doch er schaffte es nur noch, sich fortzubewegen. Sie kämpften sich weiter durch den Schnee, bis sie plötzlich vor einer Wand aus Erde und Baumwurzeln standen. Auch rechts und links von ihnen ragten Hänge auf. Sie waren in eine Senke gestolpert, eine Vertiefung im Waldboden, die unter den Schneewehen verborgen gewesen war.

Zwischen den Bäumen hinter sich hörten sie es wieder klirren und quietschen. Die Gorm waren schon ganz nah – es ging nur noch um Minuten, ja, um Sekunden.

Podkin sah sich mit schreckgeweiteten Augen um. „Jetzt ist es aus mit uns", sagte er heiser. „Wir sitzen in der Falle. Sie bringen uns um, so wie unseren Vater."

„Sei still – du machst Puk Angst." Paz zog das Kleid fester um den kleinen Bruder, der jetzt laut jammerte.

„Aber so ist es doch! Wir kommen hier nicht mehr weg."

Paz stand einen Augenblick lang ganz still, aber ihr Hirn

arbeitete fieberhaft und suchte nach einem rettenden Ausweg. Ein wenig Druck tat ihren Leistungen immer gut, aber einen Druck wie diesen hatte sie noch nie erlebt. „Wie war das doch gleich? Der Dolch durchtrennt alles außer Eisen?“, wandte sie sich an ihren Bruder, und Podkin nickte.

„Gut.“ Die Idee, die ihr gekommen war, war nicht berauschend, aber etwas Besseres fiel ihr nicht ein. Sie packte ihren Bruder an der Schulter und raunte ihm etwas ins Ohr.

Nachdem Podkin es geschafft hatte, eine der Böschungen hochzuklettern, duckte er sich hinter einen Baum. Mit zitternden Pfoten öffnete er das Stoffbündel und holte den Dolch heraus.

Seltsamerweise war der Kupferknauf nicht eiskalt wie der Schnee ringsum, sondern warm, beinahe heiß. Ob das mit den angeblichen Zauberkräften der Waffe zu tun hatte? Ob der Dolch wirklich *alles* durchtrennen konnte? Immerhin fühlte er sich überzeugender an als die Holzschwerter, mit denen Podkin in den langweiligen Fechtstunden hatte üben müssen.

Er ließ die Klinge ein paarmal durch die Luft sausen. Ja, es war nur ein Dolch, aber für ihn war es beinahe ein Kurzschwert, auch wenn er sich nicht als richtiger Krieger fühlte – verglichen mit seinem Vater, der es ganz allein mit dem Anführer der Gorm aufgenommen hatte. Vater … Ob er aus dem Drüben, oder wo immer er jetzt weilte, zu ihnen hinunterschaute? Ob er ihnen irgendwie beistehen konnte? Oder musste er hilflos mit ansehen, wie sie starben? *Schluss mit dem Gegrübel!*, ermahnte er sich. Sie hatten einen Plan. Er hatte eine Aufgabe.

Unter ihm kauerte Paz gut sichtbar vor den Baumwurzeln. Sie drückte Puk an die Brust und sah überzeugend verängstigt aus. Ein großartiger Köder für ihre improvisierte Falle.

Podkin hörte jetzt die Reittiere der Gorm näher kommen. Es mussten ziemlich plumpe Geschöpfe sein, denn sie rannten immer wieder gegen junge Baumschösslinge und schoben den Schnee mit schierer Körperkraft auseinander. Podkin hörte sie schnaufen und knurren, außerdem vernahm er wieder das Quietschen und Schaben von Metall.

Er packte den Dolch fester und richtete in Gedanken ein kurzes Stoßgebet an die Große Göttin. Sollte er jetzt schon handeln? *Nein*, entschied er. *Erst einen Blick riskieren. Es kommt auf den richtigen Zeitpunkt an.*

Am liebsten hätte er nie wieder einen Gorm gesehen, doch er zwang sich, um den Baumstamm herumzuspähen. Die Verfolger waren zu zweit – zwei Reiter auf Tieren, die entfernt an riesige Ratten erinnerten.

Normalerweise waren Ratten pelzige, gutmütige und ziemlich beschränkte Tiere, die wenig mehr taten, als zu quieken und zu fressen. Doch diese Wesen sahen aus, als hätten die Schmiede der Hölle sie aus rostigen Eisenplatten zusammengesetzt.

Sie steckten von oben bis unten in Panzern, die mit Stacheln und Haken gespickt und mit blutroten Runen bemalt waren. Vorn, wo der Kopf hingehörte, sah man nur ein spitzzahniges, geiferndes Maul und zwei Augenschlitze, in denen es rostrot blinkte. Das waren keine Ratten mehr. Sie waren durch und durch verwandelt und entstellt. Sie waren jetzt Raubtiere. Eiserne Raubtiere. Ungeheuer.

Klirrend und quietschend folgten sie den Abdrücken, die Paz im Schnee hinterlassen hatte, und die beiden Gorm auf ihren Rücken beugten sich ungeduldig vor und mahlten gierig mit den Kiefern. Sie schienen aus den Rücken ihrer Reittiere herauszuwachsen, als wären sie zwei ganz neu zusammengesetzte, abscheuliche Missgeburten.

Dann ertönte eine Stimme, die klirrte, als würden Blechplatten aneinandergeschlagen: „He, Kleine! Wo ist dein Bruder? Wo ist der Sohn des Stammesführers?“

Podkin hörte Paz antworten, aber so stammelnd und leise, dass er nichts verstand. Hatte es ihr vor Angst die Sprache verschlagen, oder war es eine geschickte Täuschung? Das hätte ihr ähnlich gesehen. Ihm fielen die unzähligen gemeinen Streiche ein, die sie ihm daheim im elterlichen Bau gespielt hatte. Damals hatte er sie deswegen verwünscht, jetzt aber dankte er der Großen Göttin dafür, dass seine Schwester so hinterhältig sein konnte.

„Na los, mach das Maul auf!"

Podkin hatte den Eindruck, dass die Stimme näher herangekommen war. Geräuschlos schob er sich um den Baum herum.

Tatsächlich – die beiden Reiter standen inzwischen direkt unter ihm. Er konnte die Kratzer auf ihren Rüstungen erkennen und roch den heißen Eisengestank ihres Atems.

Jetzt!

Irgendwann mal hatte ihm sein Vater beibringen wollen, wie man einen Baum fällte, aber er hatte nicht richtig zugehört, weil er nicht eingesehen hatte, dass der Sohn eines Stammesführers solche schwere Arbeit verrichten sollte. Jetzt bereute er, dass er nicht aufgepasst hatte. *Als Erstes hackt man eine Kerbe in den Stamm, ist das nicht so?*

Er musste seinen vor Kälte und Angst starren Körper förmlich zwingen, seinem Willen zu gehorchen. Er drehte sich um und legte den Dolch an den Baumstamm. Das Kupfer war angelaufen, die Schneide stumpf und schartig. Dieses olle Ding sollte Zauberkräfte besitzen? Wahrscheinlich würde es den Baum nicht mal anritzen, geschweige denn ihn fällen. Warum war er bloß auf Paz' bescheuerten Vorschlag eingegangen?

Er biss die Zähne zusammen und hielt den Atem an. Wenn die beiden Reiter nach oben schauten und ihn entdeckten, war alles aus. Er musste sich beeilen. Er richtete die Dolchklinge nach unten und rammte sie in die Rinde.

Weil er damit gerechnet hatte, überhaupt nichts auszurichten, erschrak er fast zu Tode, als der Dolch so mühelos in das hundert Jahre alte Holz hineinglitt wie in ein Stück Butter. Podkin konnte gerade noch verhindern, dass die Klinge auf der anderen Seite wieder herauskam.

Jetzt ein Schnitt nach oben! Schnell!

Podkin zog die Klinge wieder heraus und setzte zu einem Schnitt von unten nach oben an. Ein dicker Keil löste sich aus dem Stamm und landete im Schnee. Unten in der Senke schoben sich die Reiter näher an Paz heran, die irgendetwas darüber stotterte, dass sie ihren Bruder im Schneetreiben verloren hätte. Dann ließ ein dumpfes Ächzen Podkins Ohren erbeben. Er begriff nicht gleich, woher es kam, aber da neigte sich der Baum nach vorn, erst langsam, dann immer schneller, sodass die längeren Äste knackend abbrachen. Nun schauten die beiden Gormreiter tatsächlich hoch. Dicke Atemwolken quollen aus ihren Eisenmasken, als sie überrascht nach Luft schnappten. Im nächsten Augenblick begrub sie der Baum in einem Schauer aus Schneeflocken unter sich. Das Krachen dröhnte durch den ganzen Wald.

Es dauerte einen Augenblick, bis sich der Schneeschauer gelegt hatte und das Echo des Aufpralls verklungen war. Als alles wieder ruhig war, spähte Podkin nach unten. Der mächtige Baum war mitten durchgebrochen, und der von seiner Krone abgefallene Schnee türmte sich zu hohen Haufen. Von den Reitern war nichts mehr zu sehen. Nur hier und da lugte unter der Baumkrone eine verbogene Eisenplatte hervor, und eine große Blutlache färbte den Schnee rot.

Zwischenspiel am Kamin

Der Barde unterbricht sich, schaut zu dem dicken Hubert hinüber und schmatzt demonstrativ, um anzudeuten, dass er durstig ist. Der Stammesführer versteht den Wink sofort und versetzt seinem Maulschenken einen so kräftigen Klaps mit dem Ohr, dass der Ärmste beinahe rückwärts umkippt. Als sich der Diener von seinem Schreck erholt hat, füllt er eilig einen hölzernen Becher randvoll mit schäumendem Honigmet und bringt ihn dem Geschichtenerzähler. Der leert das Trinkgefäß mit drei langen Zügen und wischt sich mit dem Pfotenrücken den Schaum vom Maul.

Seine kleinen Zuhörer sind mit der Unterbrechung gar nicht einverstanden. „Nicht aufhören!“, rufen sie. „Wir wollen wissen, wie es weitergeht!“

Der Barde rülpst, verzieht das Gesicht, rülpst noch einmal und erwidert: „Gönnt mir eine Pause, Kinder. Ich habe nicht mehr so viel Puste wie in meiner Jugend. Meine Rübe, schmeckt der Met aber gut!"

„Hat es die Gorm wirklich in echt gegeben?", fragt ein geflecktes Kaninchenmädchen. „Mein Bruder sagt, sie sind nur ein Schauermärchen, mit dem man kleine Kinder erschreckt."

„Dein Bruder irrt sich. Die Gorm ... *rülps!* ... gab es wirklich ... und in echt", entgegnet der Barde. „Entschuldigt mich kurz." Sein Blick ist auf einen Teller mit dampfendem frischem Maisbrot gefallen und auf die Schale Rübensuppe daneben, in der ein Stück Butter vor sich hinschmilzt. Doch seine junge Zuhörerschaft gönnt ihm keine Ruhe mehr.

„Wie kam es, dass sie sich so verwandelt haben? Hat das jemand mal rausgefunden? Waren sie verhext oder gab es einen anderen Grund?" Der verängstigte Blick des gefleckten Kaninchenmädchens verrät, dass es um seinen eigenen Stamm fürchtet.

„Vielleicht waren sie verhext", gibt der Barde zurück, „vielleicht auch Schlimmeres, jedenfalls erzählt diese Geschichte bis jetzt noch nichts darüber ... Huch! Ich darf nicht immer so gierig trinken. Also – in diesem Teil der Geschichte gibt es dafür keine Erklärung. Mehr braucht ihr erst mal nicht zu wissen."

Der Barde will weitersprechen, doch die aufgerissenen Augen des Kaninchenmädchens, in denen nun Tränen schimmern, lassen ihn innehalten. Sonst macht es ihm immer Spaß, seinen kleinen Zuhörern ein bisschen Angst einzujagen, aber heute ist schließlich Frostnachten. Die Kleine soll nachher nicht schlaflos daliegen, weil sie sich zu Tode fürchtet, sondern mit schönen Träumen von kandierten Möhren und geschnitzten Püppchen einschlafen.

Er streicht sich wieder den Bart, greift dann in eine seiner Gürteltaschen und holt ein klein zusammengefaltetes fleckiges Stück Leder heraus.

„Passt mal auf", sagt er. „Eigentlich zeige ich das hier nie jemandem, aber …"

„Was ist das?", ertönt es vielstimmig. „Was hast du da?"

Der Barde entfaltet das abgegriffene Lederstück. „Ich habe es von meinen Reisen mitgebracht, und eigentlich lese ich es Kindern nicht vor, schon gar nicht, wenn ich mitten in einer Geschichte bin."

„Bitte lies es uns vor! *Bitte!*" Die Kaninchenkinder wittern ein Geheimnis – etwas Verbotenes, Spannendes.

„Es ist ein Bericht, eine andere Geschichte. Eine alte Kaninchendame, der ich östlich von hier in Hulstland begegnet bin, hat sie mir diktiert." Der Barde hält das Lederstück ins Licht, sodass man die Reihen winziger Runen erkennt, die in die Oberfläche entweder eingebrannt oder mit Tinte darauf geschrieben sind. Alle Kinder beugen sich mit zusammengekniffenen Augen vor, obwohl die meisten noch gar nicht lesen können.

„Und wovon handelt die Geschichte? Auch von den Gorm? Davon, wie sie entstanden sind?“

„Rhabarber und Radieschen, ihr seid aber neugierig! Ja, sie handelt davon, wie die Gorm entstanden sind – in den Worten von jemandem, der dabei war. Ich lese sie euch vor, aber nur unter der Bedingung, dass ihr euch gut merkt, wo wir die erste Geschichte unterbrochen haben. Einverstanden?“

Die Kaninchenkinder rufen aufgeregt durcheinander, dass sie sich so was prima merken können und auf jeden Fall einverstanden sind. Der Barde gebietet ihnen wieder Schweigen, breitet das Lederstück auf seinem Schoß aus und fängt an vorzulesen.

Ich heiße Auna. Ich bin schon alt – ein Langzahn, wie wir hier in Hulstland sagen, doch auch ich war einmal jung. Ich kam an der Nordküste von Enderby in einem kleinen Bau namens Sandufer zur Welt. Dort führte ein Stamm grauer Fischerkaninchen ein einfaches, bedürfnisloses Leben.

Heutzutage trägt der Bau einen anderen Namen, und die Bewohner fangen auch keine Fische mehr. Sie heißen jetzt „die Gorm“, und wer von ihren Taten hört, dessen Ohren erbeben und es läuft ihm eiskalt das Rückenfell hinunter. Doch so war es nicht immer, und darum möchte ich, dass meine Geschichte überliefert wird – damit andere daraus lernen. Damit nie wieder einem Kaninchenstamm das Gleiche widerfährt wie unserem.

Als ich klein war, lebten wir sorglos in den Tag hinein. Unser Bau lag am schönsten Strand, den man sich denken kann, und wir Kinder spielten in den Dünen und planschten in den mit Meerwasser gefüllten Felsmulden.

Wenn ich an diese Zeit zurückdenke, erinnere ich mich nur an die Sonne in meinen Augen, den Sand zwischen meinen Zehen und die salzige Gischt auf meinem Fell. Es waren glückliche Tage.

Unser Anführer war ein drolliger kleiner Bursche namens Crama. Wir nannten ihn „Crama der Vorsichtige", denn er traf niemals eine Entscheidung, ohne sich vorher stundenlang darüber den Kopf zu zerbrechen. Dabei änderte er seine Meinung so oft, bis er selbst ganz durcheinander war, und was zum Schluss herauskam, war meistens ziemlicher Unsinn.

Ich weiß noch, dass mein Vater und seine Freunde abends im Bau oft auf ihn schimpften, aber niemand traute sich, ihn offen zu kritisieren. Er besaß nämlich den Zauberhelm der Großen Göttin, ein riesiges Ding mit Kupferhörnern oben drauf. Auf seinem Kopf sah der Helm wie ein umgedrehter Kochkessel aus, aber er schützte seinen Träger vor jedweden Lanzenstichen und Schwerthieben, und Crama nahm ihn niemals ab. Der Helm hatte zwar auch einen eigenen Namen, doch bei uns hieß er immer nur „der Kupferpott".

Unser Leben war vielleicht nicht besonders aufregend, aber wir hatten es warm, waren zufrieden und fühlten uns geschützt. Bis zu jenem schrecklichen Tag.

Ich spreche nicht gern darüber, aber es muss sein.

Crama hatte sich endlich zu der Entscheidung durchgerungen, dass wir eine neue Langhöhle brauchten. Die Wände der alten Langhöhle waren sandig und bröckelten, die älteren Teile waren schon halb verschüttet. Eine neue Höhle auszuheben, war viel Arbeit, und alle mussten mithelfen, sogar wir Kinder. Wir trugen die ausgeschachtete Erde in Körben nach draußen und brachten den Arbeitern die Verpflegung.

Dort, wo die neue Höhle entstehen sollte, war die Erde weich und lehmig, und das Ausschachten ging zügig voran. Doch nach ein paar Tagen verkündete auf einmal ein lauter Ruf, dass die Arbeiter auf etwas Unerwartetes gestoßen waren. Ich weiß noch, wie ich mit meinen Freunden hinrannte, weil ich hoffte, es wäre ein Topf mit Gold oder ein Schatz, aber es war ... etwas anderes.

Auch wenn es schon so lange her ist, sträubt sich mir immer noch das Nackenfell, wenn ich daran denke.

Der sonderbare Fund ragte aus der Erde wie ein gewaltiger fauler Zahn. Er bestand aus einem dunklen Metall, womöglich Eisen. Eisen kannten wir, weil wir schon ein paarmal Eisenerz gefunden hatten. Wir wussten, dass die Große Göttin dieses Metall verabscheute und dass Kaninchen es nicht bearbeiten können. Aber es waren immer nur kleine Erzstücke gewesen, höchstens pfotengroß, und dieser Brocken hier – worum auch immer es sich handelte – war riesig. Er ragte höher auf als das größte Kaninchen unseres Stammes.

Und er war irgendwie unheimlich. Man spürte, wie es in ihm bebte und mahlte, als wäre er zornig oder von etwas Bösem besessen.

Seine Oberfläche war uneben und rau, aber man sah undeutlich, wie darunter etwas zuckte. Man erkannte Stacheln, Hörner und Fangarme, manchmal sogar ein Auge oder ein Maul.

Alle spürten, dass der Brocken bösartig war, niemand zweifelte daran. Und niemand wagte sich nach diesem Fund mehr in die Nähe der neuen Langhöhle. Unsere Priesterin verschloss den Zugang zwar mit einem Zauberbann, und anschließend taten alle so, als sei nichts vorgefallen, aber keiner von uns konnte noch ruhig schlafen.

Dann ging es mit den Geräuschen los:

Sie ertönten mitten in der Nacht. Es waren vor allem Stimmen, teils von Kaninchen, teils von jemand anderem. Manchmal vernahm man auch Lachen und Singen, aber in einer Sprache, die wir noch nie gehört hatten. Und dann kam das Hämmern dazu.

Von da an ließ sich unser Stammesführer Crama tagsüber kaum noch blicken.

Nacht für Nacht, wenn alle anderen schliefen, begab er sich mit seiner Leibgarde in die neue Langhöhle, und sie setzten sich dem Einfluss des riesigen Metallbrockens aus. Der Brocken sagte ihnen, wie sie das Eisen mit dem Hammer bearbeiten konnten, flüsterte ihnen finstere Geheimnisse und verbotene Versprechungen ein. Und unser Anführer verfiel ihm ganz und gar. Was mochte ihm der Brocken versprochen haben? Macht, Stärke, Reichtum? Hatte ihm der Brocken alle Vorsicht geraubt?

Ich weiß nur eines mit Sicherheit: Während Crama den riesigen Erzbrocken bearbeitete und umgestaltete, gestaltete der Brocken genauso ihn um.

Der Barde unterbricht sich und stellt fest, dass ihm nicht nur die Kaninchenkinder gebannt lauschen, sondern auch die Erwachsenen. Alle hängen an seinem Maul und lassen sich kein Wort entgehen. Er räuspert sich und fährt fort.

Nach ungefähr einer Woche hörte das nächtliche Gehämmer plötzlich auf.

Am folgenden Tag ließ sich Crama ausnahmsweise wieder mal sehen. Ich weiß noch, dass wir zu Ehren unserer Meeresgöttin das Meerfest feierten. Wir saßen alle in der alten Langhöhle, und das Festmahl aus gebratenen Makrelen und Krebsfrikadellen war soeben aufgetragen worden. Es war das letzte Mal, dass ich Fisch gegessen habe.

Als Crama mit seiner Leibgarde hereinkam, schnappten alle erschrocken nach Luft. Auf dem Kopf trug er nicht mehr den viel zu großen Kupferpott, sondern einen aus Eisen gehämmerten und mit Stacheln gespickten Helm. Die beiden krummen, verbogenen Hörner darauf sahen wie eine Karikatur des Helms der Großen Göttin aus. Crama selbst wirkte irgendwie größer und breitschultriger als vorher. Er war jetzt nicht mehr Crama der Vorsichtige, sondern ein Geschöpf des Eisenbrockens, das nur noch äußerlich an ein Kaninchen erinnerte.

Als er zu uns sprach, erkannten wir seine Stimme nicht wieder, so klirrend und quietschend klang sie. All die Jahre habe ich versucht, mich zu erinnern, was er eigentlich sagte, doch in Wahrheit hörte ich kaum hin, weil ich ihn die ganze Zeit anstarren musste – seinen neuen eisernen Schlachthelm, aber vor allem seine Augen – seine und die seiner Leibgarde. Denn das waren keine Kaninchenaugen mehr. Sie waren rotbraun wie rostiges Eisen oder getrocknetes Blut.

Einige Anwesende standen auf und protestierten. Mein Onkel war darunter und unsere Priesterin. Die Krieger packten sie und schleiften sie hinaus. Wir sahen sie nie wieder.

Noch in derselben Nacht verließen meine Eltern und ich (und mit uns viele andere Stammesmitglieder) unseren Bau und flohen. Wir liefen um unser Leben und hielten erst an, als wir Wälder, Flüsse und Berge zwischen uns und unsere einstige Heimat gebracht hatten. Wenn ihr das hier lest und freie, unabhängige Kaninchen bleiben wollt, dann macht es wie wir.

Und wohin auch immer es euch verschlägt, lasst euch von einer, die es wissen muss, raten: Sorgt dafür, dass euer Bau warm ist, sorgt dafür, dass er geschützt ist, aber … grabt bloß nicht zu tief!

Der Barde faltet das Lederstück wieder zusammen und lässt es in seiner Gürteltasche verschwinden. Dann ist es erst mal still. Die Kaninchenkinder malen sich aus, dass auch in der Erde unter ihren Hinterteilen etwas Grässliches vergraben sein könnte. Aber wäre etwas Vergrabenes nicht immer noch besser, als von einer Wanderhexe verflucht und in ein Ungeheuer verwandelt zu werden? Als der Barde wieder das gefleckte Kaninchenmädchen anschaut, wirkt es nicht mehr ganz so verstört wie vorher. Das muss genügen.

Doch die Stille hält natürlich nicht lange an.

„War der Kupferpott auch eine Zauberwaffe, so wie der Dolch Sternenklaue? Hat sich der Stammesführer in Scramashank verwandelt?" Das gefleckte Kaninchenmädchen schaut fragend zu dem Barden hoch. Die untertassengroßen Augen der Kleinen schimmern im Feuerschein, und ihre Freundinnen nicken eifrig, weil auch sie auf die Antwort gespannt sind.

„Bist du immer noch nicht zufrieden? Du bist wirklich ein wissbegieriges Ding!" Der Barde beugt sich vor und zwickt sie freundschaftlich ins weiche Schlappohr. „Also noch mal: Zu Anbeginn aller Zeiten hat die Große Göttin jedem der zwölf Kaninchenstämme einen zaubermächtigen Gegenstand geschenkt. Der Sandufer-Stamm bekam den Kupferpott und der Gänseblum-Stamm, der einst der größte von allen war, den Dolch Sternenklaue."

„Hat unser Stamm auch etwas bekommen? Wo ist unsere Zauberwaffe?"

Der Barde muss lachen und zwinkert Hubert zu, der gerade eine Schale Rübensuppe schlürft, doch der Anführer verdreht nur die Augen. „Der Dornhag-Stamm besteht noch nicht lange genug, es gibt ihn erst seit sechzig Jahren. Zu der

Zeit, in der meine Geschichte spielt, war euer Bau gerade mal ein Erdloch. Die Gorm nahmen ihn gar nicht ernst."

„Und wo sind die zaubermächtigen Geschenke geblieben? Wer besitzt den Dolch jetzt? Haben die Gorm den Kupferhelm zerstört? Was gab es sonst noch für göttliche Gaben?"

„Genau!", rufen die anderen Kaninchen. „Wo ist der Dolch heute? Was wurde aus ihm? Wie ging es weiter?"

Peng! Der Barde knallt den Becher so energisch auf den Tisch, dass alle Kinder einen Schreck bekommen.

Sie quieken ängstlich, bis er sie mit seinem strengsten Blick anschaut – da sind sie plötzlich mäuschenstill. Als man nur noch das Feuer knistern und Hubert schlürfen hört, ergreift der Barde wieder das Wort.

„Wir hatten eine Abmachung, stimmt's?"

„Sie sind vor den Gorm geflohen!", ruft eins der Kinder.

„Podkin hat grade einen Baum auf die Reiter drauffallen lassen!", ruft ein anderes.

„Er hat sie zermatscht wie Himbeermus! Überall war Blut! Und Augäpfel und so was!"

„Schon gut, schon gut", sagt der Barde rasch, „das sind jetzt genug grausige Einzelheiten. Also … dann will ich mal weitererzählen …"

Auf zum Rotwasser-Bau!

Wie ihr so anschaulich und eindrucksvoll beschrieben habt, hatte Podkin soeben einen Baum auf die beiden Gormreiter fallen lassen.

Die Geschwister standen erst mal einen Augenblick nur da und versuchten zu begreifen, was geschehen war und dass sie noch am Leben waren. Dann setzten sie ihre Flucht fort.

Unterdessen war es richtig hell geworden, und sie folgten der Sonne nach Osten, stapften durch den knirschenden Schnee, während ihnen das kalte Tauwasser der schmelzenden Eiszapfen auf die Köpfe tropfte und in den Nacken lief, sodass sie noch mehr froren als ohnehin schon.

Nach einer Weile kamen sie ans Ufer eines schmalen, zugefrorenen Flusses. Paz, die im Erdkundeunterricht sehr wohl aufgepasst hatte, wusste, dass es sich um den Roten Fluss handelte.

„Und an diesem Fluss hat der Rotwasser-Stamm seinen Bau, oder hast du das auch schon wieder vergessen?"

Podkin fror so sehr, dass er den Namen des Flusses auch vergessen hätte, wenn er ausnahmsweise im Unterricht aufgepasst hätte. Sowohl der Schreck darüber, dass die Gorm sie beinahe geschnappt hätten, als auch seine Begeisterung über die Zauberkraft des Dolchs waren verflogen. Am liebsten hätte er sich einfach in den weichen Schnee gelegt, wäre eingeschlafen und nie mehr aufgewacht. Nur ein einziger Gedanke hielt ihn davon ab. Hatten sie nicht alle zwei Jahre zur Sommersonnenwende mit ihren Eltern den Rotwasser-Bau besucht? Dort hatte es andere Kaninchenkinder zum Spielen gegeben … und Löwenzahnsalat mit Möhrensaftsoße. *Das* hatte er nicht vergessen!

„H-hat es da vielleicht anders ausgesehen? Nicht so w-w-weiß?"

Paz drehte sich mit besorgter Miene nach ihm um und hakte ihn ein. Halb rennend, halb stolpernd liefen sie am Fluss entlang, bis sie an eine gewölbte Holzbrücke kamen, die sie überquerten. Dann schlugen sie einen verschneiten Hohlweg ein, der wieder durch einen Wald führte. Der Weg endete vor einem zweiflügeligen Tor aus Eichenholz, das in einen Hügel eingelassen war. Die in die Torpfosten eingekerbte Inschrift auf Ogham verkündete, dass es sich um den Eingang zum Rotwasser-Bau handelte.

„Der Großen Göttin sei Dank!“, sagte Paz mit Tränen in den Augen und klopfte mit letzter Kraft an. Podkins Kraft reichte nur noch dafür, vor Kälte schlotternd danebenzustehen, und der kleine Puk war so durchgefroren, dass seine Kraft für gar nichts mehr reichte.

Es dauerte einen Augenblick, dann öffnete sich das Tor knarrend einen Spalt, und ein Wachposten mit rötlichem Fell spähte heraus.

So erschöpft und durchgefroren Paz und Podkin auch waren, sie erinnerten sich beide noch gut an die legendäre Gastfreundschaft des Rotwasser-Stammes. Es war allgemein bekannt, was für ein geselliges Völkchen diese Kaninchen waren. Jeder, der an ihrem Bau vorbeikam, wurde praktisch hereingezerrt und musste essen, singen und tanzen, bis er nicht mehr konnte.

Deswegen waren sie über den Anblick des Torwächters nicht nur erstaunt, sondern regelrecht erschrocken. Er ließ die Ohren hängen und hatte dunkle Schatten unter den blutunterlaufenen, stumpf blickenden Augen. Die Riemen an seinem Lederharnisch waren teilweise nicht geschlossen, das Leder selbst war stumpf und zerkratzt. Überhaupt war ihm der Harnisch zu groß und hing an ihm herunter wie die Lumpen einer Vogelscheuche. Wären die beiden Geschwister nicht so am Ende gewesen, hätten sie sich bestimmt auch noch darüber gewundert, weshalb statt eines kampferprobten Kriegers ein so schmächtiger Bursche das Tor bewachte.

„Was wollt ihr?", fragte der Wächter gleichgültig.

Paz spürte genau, dass etwas nicht stimmte, war aber zu verzweifelt, um auf ihr Bauchgefühl zu hören. Sie räusperte sich und antwortete: „Wir brauchen Hilfe. Bitte lass uns rein."

„Die G-g-gorm sind hinter uns her", setzte Podkin zähneklappernd hinzu.

„S-suppe?", fiepte der kleine Puk und streckte hoffnungsvoll das Näschen aus dem Kleid seiner großen Schwester.

„Wir kommen aus Gänseblum", schob Paz hinterher. „Wir sind die Kinder des Stammesführers."

Als der Wächter das hörte, riss er die Augen auf und knallte das Tor wieder zu. Podkin und Paz glaubten schon, sie wären damit endgültig abgewiesen, doch da hörten sie durch die Tür, wie der Wächter nach jemandem rief.

„M-m-meinst du, sie l-l-lassen uns rein?", fragte Podkin verzagt.

„Glaub schon", gab Paz zurück, „aber irgendwas ist hier faul. Steck den Dolch lieber weg."

Als Podkin die Waffe nur anstarrte, als sei er selbst erstaunt, was er da in der Pfote hielt, nahm Paz ihm Sternenklaue ab, wickelte den Dolch wieder in das Stoffstück und verbarg ihn unter ihrem Kleid, was bei Puk ein mattes Protestgequiek hervorrief. Im selben Augenblick öffnete sich das Tor wieder, und diesmal erschien ein bekanntes Gesicht, nämlich das von Lady Russet, der Gattin des Stammesführers.

Auch wenn sich Podkins Hirn in einen Eisklumpen verwandelt hatte, fiel ihm doch auf, wie verändert die Kaninchendame war. Er kannte sie als pummeliges Energiebündel mit knisterndem Fell, perlendem Lachen und Augen, die wie die Sommersonne strahlten.

Jetzt aber hing das Fell schlaff an ihren Wangen herab, ihre Stirn hatte Sorgenfalten, und ihre Augen waren verquollen und gerötet, als hätte sie geweint – lange und bitterlich geweint. Als sie das Maul aufmachte, klang sie zwar fröhlich, aber ihr Tonfall hatte etwas Gezwungenes, als wollte sie eine tiefe Traurigkeit überspielen.

„Nanu – wenn das nicht Paz und Podkin sind! Seid ihr aber groß geworden! Und ist das etwa der kleine Puk? Ach, ihr Armen – ihr seid ja halb erfroren! Stimmt das, was mir der Wachposten erzählt hat? Dass die Gorm euren Bau überfallen haben? Schnell, kommt herein! Hier tut euch niemand etwas zuleide, versprochen!"

Auch Podkin spürte jetzt, dass etwas nicht stimmte. Am liebsten hätte er kehrtgemacht und wäre weggerannt, doch da hörte er ein Feuer knistern und roch den Duft von geschmorten Pastinaken und frisch gebackenem Brot. Auf einmal waren ihm Wärme und Essen wichtiger als alles andere, sogar wichtiger als seine eigene Sicherheit. Das kommt *euch* jetzt vielleicht dumm vor, wie ihr hier am warmen Feuer sitzt und euch die Bäuche mit Rübensuppe vollgeschlagen habt, aber lauft ihr mal mitten im Winter eine ganze Nacht lang um euer Leben! Da würdet ihr auch einen tollwütigen Dachs verputzen, wenn ihr dafür ein warmes Schlafplätzchen bekämt.

Außerdem waren Wärme und Essen in diesem Augenblick für die Geschwister tatsächlich wichtiger als alles andere, denn auch wenn sie es nicht ahnten, waren sie kurz davor zu erfrieren. Hätte Podkin seinem Drang nachgegeben und sich in den Schnee gelegt, wäre dieser Schlaf sein letzter gewesen. Er wäre erst im Drüben wieder aufgewacht, und von dort ist noch keiner zurückgekehrt.

Darum folgten sie der Einladung, auch wenn Podkin diese Entscheidung sein Leben lang bereuen würde …

Lady Russet brachte sie in die Langhöhle und ließ sie auf den Bänken direkt vor der Feuerstelle Platz nehmen. Dann eilte sie davon, um sich zu „vergewissern, dass eure Schlafkammern hergerichtet werden“, und ein paar stumme Diener kamen mit geschmorten Pastinaken und ein paar kleinen Broten angeschlurft.

Sobald ihm einigermaßen warm geworden war und sein Blut wieder durch die Adern kreiste, fingen Podkins Vorderpfoten so heftig zu zittern an, dass er kaum seinen Teller festhalten konnte. Trotzdem gelang es ihm, von einer Pastinake abzubeißen, und der heiße Happen glitt seine Kehle hinunter. Es tat unglaublich gut.

Das Zittern hörte bald auf, und er fiel über das Brot her. Paz aß genauso gierig, und sogar der kleine Puk wurde ein bisschen munterer. Mit gekraustem Schnäuzchen und großen Augen spähte er aus dem Halsausschnitt seiner Schwester hervor. „Naken! Naken!", rief er, sperrte das Mäulchen auf wie ein Vogelküken und ließ sich von Paz füttern.

Aber nicht nur Podkins Körper taute auf, sondern auch sein Verstand. Als er sich umschaute, sah er, dass die Langhöhle dunkel und feucht war und dass dicke Spinnweben in den Ecken hingen. Das Feuer, an dem sie saßen, brannte nur niedrig, und darum herum häufte sich die Asche, als sei die Feuerstelle monatelang nicht mehr ausgefegt worden.

Podkin dachte wieder daran, wie sich die Rotwasser-Kaninchen und ihre Gäste beim mehrtägigen Mittsommerfest hier ausgelassen gedrängt hatten. Jetzt jedoch standen nur noch wenige Bänke und Tische herum, und selbst die schienen beschädigt zu sein. Waren die Sitzflächen der Stühle dort drüben geflickt worden? Und war die Rückenlehne der Bank weiter hinten zerbrochen?

Auch das Essen war anders als sonst, stellte er jetzt, da der ärgste Hunger gestillt war, fest. Die Pastinaken waren faserig, das Brot war grobkörnig und die Kruste verbrannt. Beim letzten Besuch hatte man ihnen hier ein großartiges Festmahl serviert. Mitten auf dem Tisch hatte eine riesige Möhre gethront. Sie war ausgehöhlt gewesen, und als sie angeschnitten wurde, waren lauter geschmorte Rüben herausgekullert. So pflegte man hier zu speisen!

Als Podkin erst mal angefangen hatte, fiel ihm immer mehr auf. Waren die tiefen Kerben in den Lehmwänden vor zwei Jahren auch schon dagewesen? Und was waren das für rotbraune, verkrustete Flecken auf dem Boden?

Und wo waren eigentlich die Kinder? Die fröhlichen, lärmenden Sprösslinge des Stammesführers, mit denen sie, seit Podkin laufen konnte, Verstecken und Blinder Maulwurf gespielt hatten? Wenn sie sich schon nicht in der Langhöhle aufhielten, hätte man doch wenigstens hören müssen, wie sie irgendwo anders im Bau spielten und lachten. Schließlich war heute Frostnachtsmorgen, und die Kinder hätten in die Festhöhle kommen und die Geschenke herumzeigen müssen, die ihnen das Winterkaninchen über Nacht gebracht hatte. So pflegte man diesen Tag jedenfalls in Gänseblum zu beginnen.

Und ich hatte mich so auf meine Holzkrieger gefreut!, ging es Podkin durch den Kopf. Ob das Winterkaninchen sie wohl trotz der Gorm gebracht und neben seinem leeren Bett aufgebaut hatte? Oder hatte es Bescheid gewusst und war gar nicht erst gekommen? Doch obwohl Podkin wochenlang an nichts anderes gedacht hatte, war das alles auf einmal nicht mehr wichtig. *Wie schnell sich das Leben doch ändern kann …*

„Du, Paz", raunte er seiner Schwester zu, „findest du es nicht auch komisch, dass uns Rufus und Rusty noch nicht begrüßt haben?"

Paz nickte nur. Auch sie hatte sich inzwischen umgeschaut, und ihr waren die gleichen Dinge aufgefallen wie Podkin. Vor allem aber war ihr eine sonderbare, unfertige Eisenfigur ins Auge gestochen, die aus dem Boden der Festhöhle ragte. Was sie darstellen sollte, war nicht zu erkennen, denn die Oberfläche war nur grob bearbeitet. *Warum steht im Rotwasser-Bau eine Figur aus Eisen? Jeder weiß doch, dass die Große Göttin dieses Metall verabscheut!* Aus unerfindlichen Gründen sträubte sich ihr beim Anblick des Gebildes das Fell, und es erinnerte sie an etwas – aber woran nur? Ihr Verstand war von der Kälte und den schrecklichen Erlebnissen vor und während der Flucht immer noch angegriffen.

Dann ging ihr ein Licht auf.

Die Gorm!

Als sie Podkin eben etwas zuflüstern wollte, kamen wieder zwei Diener herein. Sie schleppten eine große Kiste, über die eine dicke Decke gebreitet war. Sie hielten sich im Schatten und senkten die Köpfe, aber Paz fiel auf, dass sie verstohlen zu ihnen herüberschielten. Dann verschwanden sie in dem Gang, der zum Haupttor führte. „Was da wohl drin war?", zischelte Paz ihrem Bruder zu.

Podkin wollte die Achseln zucken, doch da kam aus dem

Gang ein erstickter Laut, eine Art Krächzen. War das ein Vogel gewesen? Oder ein anderes Tier? Erst vor ein paar Stunden hatte er diesen Laut schon einmal gehört … Die Geschwister wechselten einen beunruhigten Blick, und wieder dachten beide das Gleiche.

Das ist keine Kiste, sondern ein Käfig.

Und darin saß offenbar eine der Krähen mit den leblosen Augen und dem metallenen Gefieder, die für die Gorm Spitzeldienste verrichten mussten. Der Vogel, die Eisenfigur, der wie ausgestorbene Bau … Auf einmal passte alles zusammen. „Die Rotwasser-Kaninchen sind mit den Gorm im Bunde!", flüsterte Podkin erschrocken. „Sie werden uns verraten!"

Offenbar hatten die Gorm vor ihrem Überfall auf den Gänseblum-Stamm diesen Bau hier erobert, hatten den Anführer und seine Leibgarde umgebracht und die übrigen Stammesmitglieder versklavt. Und die Kinder … Pod mochte gar nicht daran denken. Ohne die Kinder, die das Herzblut und die Seele des Baus waren, würde der Rotwasser-Stamm nach und nach aussterben. Sich hierher zu flüchten, war das Verkehrteste gewesen, was sie tun konnten.

„Wir müssen hier weg!", wollte Paz sagen, doch Podkin war schon aufgesprungen und losgelaufen. Daraufhin griff sie sich Puk und lief hinterher, wobei ihr Blick noch einmal auf die sonderbare Figur fiel. Unter der unebenen Oberfläche zuckte und krümmte sich etwas, wie ein fetter Aal, der sich durch ein

Schlammloch schlängelte – oder bildete sie sich das nur ein? Doch da gab die Figur plötzlich ein Geräusch von sich – einen knirschenden, kreischenden Klageruf, der immer lauter wurde.

Paz blieb nicht stehen, um der Sache auf den Grund zu gehen. Sie drückte Puk an sich und flitzte hinter Podkin her, so schnell ihre Pfoten sie trugen. Die Geschwister liefen nicht zum Haupttor, sondern in die entgegengesetzte Richtung, aber da erscholl von der Empore ein Warnruf. Jemand hatte sie von dort aus beobachtet, und die Stimme klang verdächtig nach der Gattin des Stammesführers.

„Haltet sie! Sie dürfen nicht entkommen!"

Verfolgt von Lady Russets Rufen, hasteten die Geschwister immer tiefer in den Bau hinein. Jetzt wundert ihr euch bestimmt, dass sie nicht zum Haupttor wollten, aber das wurde ja bewacht, und bekanntlich hat jeder Kaninchenbau mehrere Hinterausgänge und Fluchtwege. Podkin hörte in Gedanken seinen Vater wieder predigen: *„Ein Bau mit nur einem einzigen Ein- und Ausgang ist eine Falle!"* Eine Falle – so wie die, in die sie hier gelaufen waren.

Sie rannten und rannten und wechselten jedes Mal die Richtung, wenn sie Stimmen hörten. Doch die Verfolger kamen immer näher, hetzten sie durch die verschlungenen Gänge wie einst die Frettchen unsere geplagten Vorfahren.

Der kleine Puk, der unter dem Kleid seiner Schwester unsanft durchgeschüttelt wurde, brach in Tränen aus. „Naken!

Naken!", schluchzte er. Dass seine Schwester Angst hatte, entging ihm nicht, aber er war vor allem unglücklich darüber, dass die Mahlzeit so ein jähes Ende genommen hatte.

„Da vorn geht es nach draußen!", rief Paz.

Es wurde heller, und als sie um die nächste Biegung hasteten, erblickten sie ein kleines, offenes Tor und dahinter den verschneiten Wald. Sie sausten so schnell, wie es nur verängstigte Kaninchen können, doch Lady Russet rief hinter ihnen her: „Schließt alle Tore! Lasst niemanden hinaus!"

Donnerndes Krachen hallte durch die Gänge, und Podkin sah voller Entsetzen, wie sich ein Fallgitter vor den Ausgang senkte. Gleich würde der Fluchtweg versperrt sein – dann wäre alles aus!

In höchster Lebensgefahr, wenn alles verloren scheint, entwickelt man bisweilen Kräfte, von denen man vorher nichts ahnte. Oft sind es gar keine Riesenkräfte, aber sie reichen doch aus, um einer Gefahr um Barthaaresbreite zu entkommen.

Diese Kräfte entwickelten jetzt auch Podkin und Paz, und sie rannten so schnell wie noch nie.

Paz erreichte das Fallgitter als Erste, warf sich auf den Boden und kroch bäuchlings unter den spitzen Enden hindurch. Podkin folgte ihr im Bruchteil einer Sekunde, nur dass er sich auf dem Rücken unter dem Gitter durchschob. Dabei sah er erst die Decke des Ganges über sich hinweggleiten, dann das Gitter und schließlich den grauen Himmel.

Ich hab's geschafft! Da durchzuckte ein brennender Schmerz sein Ohr. Er wollte sich hochrappeln, aber etwas hielt seinen Kopf fest. Als er Paz aufschreien hörte, wand und drehte er sich verzweifelt, um zu sehen, was los war.

Das Gitter war unten, und sie waren alle drei draußen – jedenfalls beinahe. Eins von Podkins langen seidigen braunen Ohren war noch drinnen und wurde vom Ende einer Gitterstange durchbohrt.

Er saß fest.

Einohr

Paz hörte es scheppern, und als sie sich umdrehte, lag Podkin vor dem heruntergelassenen Gitter im Schnee. Sie atmete auf, doch da sah sie sein schmerzverzerrtes Gesicht.

Warum bleibt er liegen? Hat er sich die Hinterpfote verstaucht? Oder tut ihm der Rücken weh? Dann fiel ihr Blick auf die Gitterstange, die sich in sein Ohr bohrte, und sie schrie auf.

Sie hockte sich neben ihn und nahm seine Vorderpfote. „Dein Ohr!" Podkin verdrehte vor Schmerzen die Augen und knirschte mit den Zähnen. Offenbar gab er sich größte Mühe, nicht zu schreien, damit die Verfolger nicht mitbekamen, dass sie entwischt waren. Der Ärmste konnte kaum den Kopf bewegen, geschweige denn aufstehen und in den Wald fliehen.

„Selber schuld!“, hallte es aus dem dunklen Gang hinter dem Gitter. „Ihr hättet eben nicht weglaufen sollen!“

Paz erkannte Lady Russet. Die verhärmte, abgemagerte Lady Russet mit den kalten, leblosen Augen.

„Lasst uns laufen, Herrin!“, flehte Paz. „Ihr wart doch immer so gut zu uns. Bitte liefert uns nicht den Gorm aus!“

„Das lebendige Standbild, das uns die Gorm dagelassen haben, hat euch längst entdeckt, und wir haben die Krähe schon losgeschickt. Inzwischen müsste sie ihr Ziel erreicht haben. Die Gorm werden gleich hier sein. Es ist zu spät.“

„Warum tut Ihr das? Warum unterstützt Ihr sie? Die Gorm sind böse! Sie haben unseren Vater umgebracht!“

Ganz kurz war in Russets Augen so etwas wie Mitleid zu lesen. Paz glaubte sogar, eine Träne zu sehen, die aber sogleich im Fell versickerte. „Meinen Gatten haben sie auch umgebracht“, erwiderte Russet tonlos, „und seine Leibgarde und alle anderen Krieger genauso. Aber sie haben meine Kinder Rufus und Rusty in ihrer Gewalt. Vielleicht bekomme ich sie wieder, wenn ich euch ausliefere.“

Auf einmal konnte Paz ihre Wut auf das rückgratlose, feige Geschöpf, in das sich die Gattin des Stammesführers verwandelt hatte, nicht mehr bezähmen. Sie sprang auf, packte die Gitterstäbe und schrie Russet an: „Was würde mein Vater sagen, wenn er Euch so sehen könnte? Und was würde *Euer Gatte* dazu sagen?! Seid Ihr überhaupt noch ein Kaninchen?

Nein – Ihr seid nicht besser als ein Wiesel! Ihr seid eine … eine … *Verräterin!*"

Russet riss die Augen auf und machte einen Satz rückwärts. Es dauerte eine ganze Weile, bis sie wieder das Maul aufmachte, und dann war ihre Stimme so erstickt und heiser, als kämpfte sie mit den Tränen.

„Sie werden gleich hier sein", wiederholte sie. „Deinen Bruder lasse ich auf keinen Fall entkommen, aber wenn du wegrennen willst, behaupte ich, dass er allein hier war. Ich lasse dich und den Kleinen laufen. Mehr kann ich nicht tun."

Damit verschwand sie im Inneren des Baus und ließ die verängstigten Geschwister draußen im eisigen Schnee zurück.

„Du hast gehört, was sie gesagt hat, Paz", meinte Podkin nach ein paar Minuten. „Dich würde sie laufen lassen. Lass mich hier liegen und bring Puk in Sicherheit."

Paz knirschte mit den Zähnen und rüttelte wütend am Fallgitter. „Kommt nicht infrage", gab sie zurück. „Mir fällt bestimmt etwas ein, wie wir dich losbekommen."

„Kaue! Kaue!", rief Puk aus Leibeskräften und zappelte unter ihrem Kleid herum.

„Du denkst auch immer nur ans Essen", fauchte Paz ihn an. „Wir haben wahrhaftig andere Sorgen!"

„Kaue! Kaue!"

„Es gibt nichts, kapier das endlich! Und jetzt sei still, ich muss nachdenken."

Der Kleine stieß einen Wutschrei aus und zappelte noch heftiger, sodass der in Stoff gewickelte Dolch unter dem Kleid hervorrutschte. Da begriff Paz endlich, was er wollte.

„Ach, du meinst *Klaue* … Sternenklaue! Puk, du bist ein Genie!" Paz drückte ihrem kleinen Bruder ein Küsschen auf den Kopf, dann wickelte sie die Waffe hektisch aus der Stoffverpackung.

Klirr! Sie hieb damit auf das Gitter ein. *Klirr! Klirr!* Doch es tat sich nichts.

„Aua!", ächzte Podkin, denn jeder Schlag hallte unerträglich laut in seinem verletzten Ohr wider. „Hör auf!"

„Bei meinen Barthaaren! Das Gitter ist aus Eisen, dagegen richtet der blöde Dolch nichts aus. Wo haben die Rotwasser-Kaninchen das Eisengitter überhaupt her, hä? Von den Gorm, oder was?" Paz fluchte noch einmal und rammte den Dolch verärgert in den Schnee. Was nützte einem die beste Zauberwaffe, wenn man sie nicht jederzeit einsetzen konnte?

Podkin befühlte stöhnend sein Ohr, und Paz überlegte angestrengt. Vielleicht konnte sie ja mit dem Dolch die Steinfliesen unter dem Gitter zertrümmern, oder die steinerne Einfassung, an der das Gitter oben befestigt war … Ob die Zeit dafür noch reichte?

Das Tuten eines Horns beantwortete die Frage. Es kam von

der gegenüberliegenden Seite des Baus. Sie musste sich beeilen.

„Lauf weg", ächzte Podkin. „Na los!"

Nein! Paz schüttelte energisch den Kopf und ging noch einmal alle Möglichkeiten durch. Sie verwarf alle bis auf eine.

„Hör zu, Pod." Sie nahm wieder seine Vorderpfote und drückte sie. „Eisen kann der Dolch nicht durchtrennen ... dein Ohr aber schon."

Sie schluckte. Podkin schluckte ebenfalls.

Das Gitter durchbohrte sein Ohr unterhalb der Mitte. Ihm würde nur noch ein kurzer Stummel bleiben.

„Bitte nicht!", brachte er heraus. „Dann überlass mich lieber den Gorm. Sie werden mich schon nicht umbringen ... oder?"

„Offiziell bist du jetzt der Anführer des Gänseblum-Stammes", entgegnete Paz, „und damit droht dir das gleiche Schicksal wie unserem Vater. Dann baumelt dein Schädel an Scramashanks Gürtel."

„Aber mein *Ohr* ..."

„Wenn, dann jetzt, Pod. Sie sind gleich hier."

Die beiden Geschwister wechselten einen langen Blick, dann nickte Podkin.

Paz zog den Dolch aus dem Schnee. Unter ihrem Kleid fiepte der kleine Puk angstvoll und hielt sich die Augen zu.

„Warte mal", sagte Paz, denn ihr war eingefallen, dass

Spinnweben angeblich Blutungen stillten. Sie stellte sich auf die Zehenspitzen und zupfte eine gute Pfotevoll von der Toreinfassung. Dabei krabbelten ihr die dicken Spinnen, die sauer waren, dass sie in ihrem Winterschlaf gestört wurden, über den Vorderlauf, aber sie achtete nicht gar darauf. Sie beugte sich wieder über Podkin und setzte die Dolchklinge an seinem Ohr an.

„Glaubst du, es tut sehr weh?“, fragte Podkin.

„Kann schon sein.“ Paz dachte daran, wie mühelos die Klinge durch den Stamm der alten Eiche geglitten war. „Aber es geht ganz schnell.“

„Dann mach.“ Podkin kniff die Augen zu.

Seltsamerweise spürte er im ersten Moment überhaupt nichts – weder den Schnitt noch die Spinnweben, die Paz sofort auf die Wunde drückte, und auch nicht den Schnee, den sie anschließend zur Kühlung darauf häufte. Genauso seltsam war es auch, wegzulaufen und einen Teil seines Körpers zurückzulassen. Am allerseltsamsten aber war, dass er den brennenden Schmerz von dem Gitterstab immer noch spürte, obwohl sein Ohr doch gar nicht mehr dran war.

Zwischenspiel am Kamin

„Das stimmt nicht! So hat er sein Ohr gar nicht verloren!"

„Eine Raubkatze hat es abgebissen!"

„Gar nicht! Ein Vampirkaninchen hat es verschlungen!"

„Quatsch – ein Riesenkaninchen hat es zerfetzt!"

„Also ich hab gehört, dass er es selber abgehackt und sich ein Floß draus gebaut hat, weil er von einer Insel voller Ungeheuer fliehen musste!"

Der Barde verschränkt die Vorderläufe und funkelt die Kaninchenkinder streng an. Nach und nach verstummt ihr aufgeregtes Gequieke, und alle blicken fragend zu ihm hoch.

„Geraspelte Radieschen, seid ihr eine Rasselbande! Es interessiert mich nicht, was ihr darüber gehört habt, wie Podkin zum Einohrigen wurde. Das hier ist *meine* Geschichte! Und in meiner Geschichte musste er sein Ohr opfern, damit er und seine Geschwister vor den Gorm fliehen konnten."

„Das ist doch Unsinn", sagt das gefleckte Kaninchenmädchen. „Wie kann es *deine* Geschichte sein? Eine Geschichte gehört niemandem, sie ist doch kein Gegenstand! Sie besteht bloß aus Worten."

„Eine Geschichte gehört dem Erzähler", hält der Barde dagegen, „jedenfalls zur Hälfte. Die andere Hälfte gehört den Zuhörern. Wenn eine gute Geschichte einem guten Zuhörer erzählt wird, gehört sie beiden zusammen."

„Ist das dann jetzt *unsere* Geschichte?", will ein anderes Kind wissen.

„Wenn ihr mich endlich zu Ende erzählen lasst, dann schon", antwortet der Barde.

„Also ich finde seine Geschichte einleuchtend", meint ein gescheckter Kaninchenjunge, der in der vordersten Reihe sitzt und bis jetzt noch nichts gesagt hat. „Vampirkaninchen gibt es sowieso nicht. Ich dachte zwar immer, dass Podkin sein Ohr bei einer Schlacht verloren hat, aber warum soll es ihm nicht seine Schwester abgeschnitten haben?"

„Danke", sagt der Barde. „Du bist ein sehr gescheites Kind. Bist du vielleicht der Sohn des Stammesführers?"

Der dicke Hubert platzt fast vor Stolz (und natürlich auch von dem ganzen Essen, das er in der Zwischenzeit in sich hineingeschaufelt hat), und das gefleckte Kaninchenmädchen nutzt die kleine Unterbrechung, um dem Barden rasch wieder eine Frage zu stellen.

„Und woher weißt *du*, was wirklich passiert ist? Denn du warst doch nicht dabei, oder?"

Der Barde verdreht seufzend die Augen. „Ich bin Geschichtenerzähler. Ich erzähle Geschichten. Das ist mein Beruf."

„Dann ist es also doch nur eine ausgedachte Geschichte", sagt die Kleine sachlich. „Kann dann nicht auch ein Vampirkaninchen darin vorkommen? Dann wäre es spannender."

„Beim heiligen Grünkohl der Großen Göttin ..." Der Barde vergräbt das Gesicht in den Pfoten und tut so, als müsste er weinen.

Huberts Sohn verpasst seiner Freundin einen Rippenstoß. „Es gibt keine Vampirkaninchen!", wiederholt er mit Nachdruck. „Wenn in einer Geschichte etwas vorkommt, das es gar nicht gibt, dann glaubt man den Rest auch nicht. Und wenn man eine Geschichte nicht glauben kann, dann braucht man sie sich gar nicht erst anzuhören."

Der Barde späht zwischen seinen Pfoten hervor und zwinkert ihm zu.

Dann hebt er den Kopf und sagt: „Es gibt einen Gott namens Clarion. Er ist der Schutzpatron der Barden und erteilt einigen wenigen auserwählten Kaninchen Unterricht in der Kunst des Geschichtenerzählens, indem er ihnen ins Ohr raunt, wenn sie schlafen. Dir hat er anscheinend auch schon mal einen Besuch abgestattet, mein kluger kleiner Freund."

Jetzt ist es Huberts Sohn, der sich vor Stolz so aufplustert, dass er wie eine geschrumpfte Ausgabe seines Vaters aussieht. Man kann sich bereits vorstellen, dass er den Stamm eines Tages anführen wird.

„Nun gut." Der Barde räuspert sich und sieht seine Zuhörerschaft abermals streng an. „Wenn ihr damit fertig seid, mich zu unterbrechen, würde ich gern weitererzählen."

Die Hexe

Es fiel den Kindern sehr schwer, in den winterlichen Wald zurückzukehren. Das bisschen Wärme, das sie im Rotwasser-Bau gespeichert hatten, war bald verbraucht, und außerdem hatten sie jetzt keine Ahnung mehr, wohin sie noch fliehen sollten. Anscheinend war die ganze Welt gegen sie, und es gab nirgends eine Zuflucht vor den Gorm.

Einen großen Vorsprung gegenüber ihren Verfolgern hatten sie auch nicht, das war ihnen klar. Die Gorm konnten jeden Augenblick am Rotwasser-Bau eintreffen und würden Podkins abgehacktes Ohr nach höchstens fünf Minuten entdecken. Anschließend brauchten sie nur noch den Spuren im Schnee zu folgen – und mit dem Aufblitzen einer Eisenklinge wäre alles zu Ende.

Doch weil Podkin von dem starken Blutverlust benommen und schläfrig war, machte er sich deswegen keine allzu großen Sorgen. Gerade eben träumte er, dass er über eine flauschige weiße Wolke spazierte. Auch seine Schwester war dabei und trug eine sprechende Möhre auf dem Arm, die Podkins kleinem Bruder Puk verblüffend ähnlich sah. Nur warum ihm das Ohr so wehtat, begriff Podkin nicht ganz. Aber er würde bestimmt bald aus seinem Traum erwachen, und dann würde er sich am Fluss ein schönes Plätzchen suchen und mal so richtig ausschlafen.

Paz hatte ihn am Vorderlauf gepackt und zerrte ihn vorwärts, wobei sie immer wieder besorgt seinen Kopf musterte. Der Ohrstummel blutete immer noch, das Fell darum herum war schon ganz verklebt. Die Wunde hätte verbunden werden müssen, doch dafür war jetzt keine Zeit.

Der kleine Puk bibberte inzwischen wieder und wimmerte leise vor sich hin. Wie lange würde er die Kälte noch aushalten? Paz lief ja schon, so schnell sie konnte, aber damit ihre und Podkins Spuren möglichst wenig auffielen, schlängelten sie sich zwischen den Bäumen hindurch.

Auch ihr ging mittlerweile durch den Kopf, ob es nicht besser wäre aufzugeben. Dann wäre wenigstens alles rasch vorbei …

Darum war sie auch nicht besonders überrascht, als auf der nächsten Lichtung eine Krähe mit metallenem Gefieder auf einem Baumstumpf hockte und ihnen mit trüben roten Augen entgegenschaute.

„Oh nein!", entfuhr es ihr trotzdem.

Die Krähe blinzelte und legte den stachelbewehrten Kopf schief. Aus ihrem halb offenen Schnabel tropfte eine ölige, rötliche Flüssigkeit, und als sie die Federn sträubte, schepperte es und braunroter Rost stäubte auf. Paz überlegte rasch, wie sie den abscheulichen Vogel am Davonfliegen hindern könnte. Sollte sie den Dolch nach ihm schleudern? Oder sich auf ihn stürzen und ihm den Hals umdrehen? Nein, sie konnte nichts tun.

Krah!, machte die Krähe, breitete die Flügel aus – und zerbarst klirrend. Paz schrie vor Schreck auf und sah ungläubig zu, wie die eisernen Federn zu Boden trudelten. Die Krähe selbst lag tot auf der Erde.

„Die Viecher gehen mir auf die Nerven", sagte jemand am anderen Ende der Lichtung. Paz fuhr herum und hob abwehrbereit den Dolch, doch sie sah nur eine gebeugte Kaninchengreisin in einem geflickten Umhang heranhumpeln. In der Pfote hielt die Alte eine lederne Schleuder, mit der sie einen Stein auf die Krähe abgeschossen hatte. „Die Biester sollen sich gefälligst um ihre eigenen Köttel kümmern."

„Äh … guten Tag", sagte Paz verdutzt.

„Ist es schon hell, Mami?", fragte Podkin.

„Suppe?", fiepte Puk.

„Jedenfalls ist es höchste Zeit, dass ihr drei endlich auftaucht", brummelte die Greisin. „Ich stehe schon ewig hier herum und warte. Meine armen Hinterpfoten sind die reinsten Eisklötze."

„Du … Du hast auf uns gewartet?" Nun glaubte auch Paz zu träumen. Oder war die Alte etwa auch ein Spitzel der Gorm? Zwar ragten keine Eisenstacheln aus ihrem Gesicht, aber trotzdem …

„Ob ich auf euch gewartet habe, Schätzchen? Das kann man wohl sagen. Die Knochen haben mir eure Ankunft schon vor Jahren prophezeit. Aber jetzt kümmern wir uns lieber mal um das Ohr da, sonst verblutet dein Bruder noch, und dann war alles umsonst."

Paz blickte erst den verletzten Podkin an und dann wieder die Alte. Ob sie ihr trauen konnten? Sie war eindeutig nicht ganz klar im Kopf. War es vielleicht doch besser, die Flucht vor den Gorm fortzusetzen? Die Alte erwiderte ihren Blick mit leuchtend blauen Augen, die viel jünger wirkten als ihr faltiges Gesicht. Mit zuckender Nase wartete sie darauf, wie Paz sich entscheiden würde. Die nickte schließlich.

„Na schön, wir kommen mit." *Aber wenn du irgendwelche faulen Tricks versuchst …* Paz hatte Sternenklaue nicht wieder eingesteckt. Der Dolch würde die Kehle der Alten genauso mühelos durchtrennen wie Podkins Ohr.

Die Greisin nickte, als sei sie zufrieden, dass alles nach Plan verlief. „Gut, gut. Ich hab's nicht anders erwartet, Schätzchen." Sie ging an den Rand der Lichtung, nahm eine Kupfersichel vom Gürtel und hackte damit auf einen schlanken Kiefernschössling ein. Paz schaute ihr zu, und ihr gingen tausend Gedanken durch den Kopf: *Und wenn sie doch eine Verräterin ist, so wie Lady Russet? Oder sogar eine Hexe? Man weiß doch, was mit kleinen Kaninchen passiert, die einer Hexe in den Wald folgen ...*

Die Alte hatte den Schössling abgehackt, schwang ihn wie einen Besen und verwischte damit die Spuren der Geschwister. Als sie fertig war, drehte sie sich um und fragte ungeduldig: „Na, was ist? Kommt ihr jetzt mit oder nicht? Hüpft, meine Häschen!"

Damit wandte sie sich ab und verschwand im Unterholz.

Hexe oder nicht – Paz blieb nichts anderes übrig, als ihr zu folgen. Sie schlängelten sich zwischen Bäumen und Büschen hindurch. Zwischendurch blieb die Alte stehen und verwischte mit dem Schössling wieder ihre Spuren, und Podkin stöhnte ab und zu leise vor Schmerzen. Schließlich kamen sie an eine riesige Eiche, die größte, die Paz je gesehen hatte. Ihr wuchernder Wurzelstock ragte halb aus einer Böschung, und der mächtige Stamm war mindestens vier- oder fünfhundert Jahre alt. Die Äste bogen sich unter der Schneelast bis auf den Waldboden hinab und bildeten eine Art vergittertes Gehäuse aus Holz und

Schnee, das unter glücklicheren Umständen einen großartigen Spielbau abgegeben hätte.

Vor den Blicken der Gorm bot das Ganze allerdings nur unzureichend Schutz. Paz sah skeptisch zu, wie sich die Alte durch die Zweige zwängte. Hoffentlich hatte sie einen besseren Plan als nur den, sich hier zu verstecken.

Doch die Alte schob und drückte auf einer mit Moos, Flechten und welkem Laub bedeckten Stelle auf der Böschung herum. Zu Paz' Verblüffung gab der Boden nach, und eine Tür kam zum Vorschein. Paz schlüpfte hinter der Alten hindurch und zerrte den benommenen Podkin hinter sich her. Als alle drinnen waren, schloss die Alte die Tür und legte den Riegel vor.

Das war's, ging es Paz durch den Kopf. *Jetzt werden wir geschlachtet, und die Hexe kocht Eintopf aus uns.*

Doch die Alte hängte nur ihren Umhang an einen Haken und schürte das Feuer in einem kleinen Lehmbackofen. Sie stellte einen Kessel oben drauf, goss aus einem Steingutkrug Wasser hinein, nahm dann Podkin bei der Pfote und hieß ihn sich auf einen kleinen Hocker am Feuer setzen.

Paz hatte immer noch Bedenken, dass der Backofen womöglich für sie und ihre Geschwister vorgesehen war, aber weil die Alte zumindest noch keine Anstalten machte, sie zu schlachten, nutzte sie die Gelegenheit und sah sich um. Die kleine Behausung unter dem Wurzelstock der großen Eiche war blitzsauber. Die Lehmwände waren weiß gekalkt, Schilfmatten lagen auf dem Boden. Töpfe, Pfannen und andere Küchengerätschaften hingen von der Decke, und neben dem Backofen gab es sogar einen richtigen Kamin.

In die Lehmwände waren Nischen eingelassen, außerdem gab es Wandborde aus alten, verzogenen Brettern, aber alles war so vollgestellt, dass Paz nicht wusste, wo sie zuerst hinschauen sollte.

Da standen eine Menge Steingutkrüge und -töpfe, die säuberlich auf Ogham beschriftet und teilweise bis zum Rand mit Kräutern und getrockneten Pflanzen und Pilzen gefüllt waren: mit Bärlauch, Rosmarin, Fingerhut, Hagebutten, Knollenblätterpilzen, Tintlingen, Steinpilzen, Täublingen und Helmlingen.

Über den Zweck anderer Gegenstände konnte Paz nur rätseln. Zum Beispiel das Deckelglas voller Vogelschädel, die bemalte Holzmaske mit den Glubschaugen und den furchteinflößenden Zähnen sowie das Tonfigürchen eines Kaninchens, das mit gelassener Miene im Schneidersitz dasaß und aus dessen Kopf sich ein duftender Rauchfaden kräuselte.

So sieht es also in der Stube einer Hexe aus, dachte Paz. Aber es gab natürlich auch noch andere, vertrautere Gegenstände. In der Ecke stand ein Bett, es gab ein Spinnrad, einen Webstuhl und ein paar Schränke, ja sogar ein von Baumwurzeln eingerahmtes Bleiglasfenster. Doch als Paz nach draußen schaute, schlug sie die Pfoten vors Maul, um nicht aufzuschreien.

Wenige Meter vor dem Fenster bahnte sich ein Trupp Gormkrieger seinen Weg durch den Wald. Ihre gepanzerten Reittiere pflügten durch den Schnee und hinterließen dabei schwarze Ölpfützen. Die Reiter drehten suchend die behelmten Köpfe hin und her. Ihre gezackten Schwerter ruckten dabei ungeduldig, als gierten sie nach Kaninchenfleisch. Paz hörte das Metall quietschen und roch den Gestank von erhitztem Öl und Blut. Gleich würden die Gorm die Geheimtür entdecken und aufbrechen …

„Keine Bange", sagte die Alte, nahm den Kessel vom Ofen und stellte ihn neben Podkin auf den Boden. „Hier drin kann uns nichts passieren. Dieser Bau ist mit so vielen Bannzaubern geschützt, dass ihn selbst Herion ohne mein Einverständnis nicht finden würde."

Tatsächlich machten die Gorm jetzt wieder kehrt und verschwanden.

Gut gezaubert!, meldete sich ein Stimmchen in Paz' Hinterkopf. *Die Alte ist anscheinend keine Durchschnittshexe, sondern eine Meisterin ihres Fachs.* Paz musste unwillkürlich lächeln. Sie wandte sich vom Fenster ab und ging zu Podkin hinüber.

„Die Wunde sieht nicht gut aus", sagte die Alte. „Sie muss genäht werden."

Ihre sachliche Art hatte etwas Beruhigendes, fand Paz. Sie wusste offensichtlich, was sie tat.

„Wird mein Bruder denn wieder gesund?", fragte sie.

„Gesund und munter – wenn auch mit nur einem Ohr. Was auf lange Sicht sogar ein Vorteil sein kann. Wer will schon Geschichten über ein stinknormales Kaninchen hören?"

Was für Geschichten? Und wieso „auf lange Sicht"? Wovon redet sie?

Die Alte flößte Podkin jetzt einen einschläfernden Trank ein, legte ihn dann mit Paz' Hilfe aufs Bett und machte sich daran, die Wunde mit warmem Wasser zu säubern. Anschließend nähte sie die Haut über dem Ohrstummel mit Garn und einer Knochennadel zusammen, schmierte eine Kräuterpaste drauf und verband das Ganze. Dabei redete sie vor sich hin, und Paz erfuhr, dass sie Brigid hieß, hier ganz allein wohnte und sich im Wald mit Nahrung, Heilkräutern und allem anderen versorgte, was sie sonst noch brauchte. Sie erwähnte es zwar nicht, aber Paz nahm an, dass sie schon lange so lebte. Lange genug jedenfalls, um zu verlernen, wie man eine richtige Unterhaltung führte. Solche sozialen Fertigkeiten waren für Kaninchen, die als Stamm zusammenlebten, sehr wichtig, aber wenn man sich nur um sich selbst kümmern musste, konnte man wahrscheinlich auch darauf verzichten, dachte Paz.

Als Podkin schließlich ruhig schlummerte, kochte Brigid eine scharfe Brennnesselsuppe, über die der kleine Puk hungrig herfiel. Danach saßen sie schweigend am Kamin und lauschten dem Knistern und Knacken des Feuers. Es war herrlich, warm, satt und in Sicherheit zu sein, auch wenn die Feinde bestimmt noch in der Nähe waren.

Paz wurde müde. Puk hatte sich bereits auf dem Kaminvorleger zusammengerollt und schnarchte leise, und irgendwann legte sich Paz einfach daneben. Sie bekam noch mit, wie Brigid eine große Flickendecke über sie beide breitete. Paz hätte gern „Danke“ gesagt oder eine der unzähligen Fragen gestellt, die ihr durch den Kopf gingen, doch der Schlaf siegte.

Als sie wieder aufwachte, saß Brigid am Ofen und drehte den Dolch Sternenklaue in den Pfoten. Sie betrachtete die Waffe nachdenklich, vor allem das in den Knauf geritzte Gesicht.

Paz wusste nicht recht, wie sie sich verhalten sollte. Sie wollte nicht unhöflich sein, aber der Anblick verursachte ihr Unbehagen – teils, weil es ihr nicht recht war, dass jemand Fremdes die Waffe anfasste, teils, weil sie fürchtete, die Alte könnte sich an der scharfen Klinge verletzen.

Brigid wandte nicht den Kopf, schien aber zu spüren, dass Paz wach war. „Da habt ihr eine mächtige Zauberwaffe“, sagte sie. „Eine Gabe der Großen Göttin, wenn ich nicht irre.“

„Woher …“ Aber Paz wollte nicht offen zugeben, dass die Hexe richtig vermutete, und fragte daher nur: „Wie kommst du darauf?“

„Weil ich selbst auch eine dieser Gaben besitze“, erwiderte Brigid schmunzelnd und nahm ihre Kupfersichel vom Gürtel. Als sie die Sichel neben Sternenklaue hielt, leuchtete die Schneide bläulich auf, und Paz glaubte zu sehen, dass auch die Klinge des Dolches aufleuchtete.

„Wo hast du deine Sichel denn her?“, fragte Paz verwundert. „Ich dachte immer, die Gaben der Großen Göttin wurden damals nur unter den Anführern der Zwölf Stämme verteilt.“

„Das ist richtig.“ Brigid steckte die Sichel wieder weg und blickte versonnen ins flackernde Feuer. „Ich bin von adligem Geblüt, aber das kannst du natürlich nicht wissen, dafür bist du zu jung. Ich gehe übrigens davon aus, dass du ebenfalls von Adel bist. Mein Vater war seinerzeit Stammesführer der Rotwasser-Kaninchen. Ein Mitglied seiner Leibgarde hat ihn hintergangen und umgebracht. Unsere ganze Familie wurde verjagt und war von einem Tag auf den anderen obdachlos. Weil ich aber wusste, was es mit der Sichel auf sich hat, habe ich sie heimlich an mich genommen. Sie sollte diesen Verbrechern nicht in die Pfoten fallen! Wenn sie in die Nähe von etwas Giftigem kommt, leuchtet sie rot, und blau, wenn etwas Gutes in der Nähe ist. Alles, was ich über Kräuterkunde und Heilkunst weiß, hat sie mir beigebracht.“

Es fiel Paz schwer, sich die bucklige Greisin als Tochter eines Stammesführers vorzustellen, die am Kopfende der Tafel in der Langhöhle saß und beim Karottenfest zur Feier der

Ernte prächtige Gewänder trug. „Hieß der Mörder deines Vaters zufällig Russet? Meine Familie hat ihn oft besucht, und er machte immer so einen netten Eindruck …"

„Nein, es war sein Vater – dieser doppelzüngige Sohn eines Wiesels! Er war damals sogar Oberst der Leibgarde meines Vaters. Der liebe alte Papa war immer viel zu vertrauensselig. Das wurde ihm zum Verhängnis. Meine Familie zog weiter, aber ich ließ mich hier im Wald nieder. Ich konnte beobachten, wie die Schurken auf der Suche nach der Sichel den ganzen Bau auf den Kopf stellten. Tja, Pech!" Ihr heiseres Lachen klang wie das Geraschel von trockenen Blättern. Paz konnte sie sich plötzlich als Kind vorstellen und musste unwillkürlich mitlachen.

Die drei Geschwister blieben über zwei Wochen lang bei Brigid. Podkins Ohrwunde heilte, und er erholte sich auch insgesamt. Allerdings hatte er ziemlich schlechte Laune wegen seines Missgeschicks, denn insgeheim hatte er immer gefunden, die Ohren seien das Schönste an ihm. Als ihm Brigid aber erklärte, er brauche jetzt vor allem viel Ruhe, freute er sich sehr. Zum ersten Mal in seinem Leben hatte er offiziell die Erlaubnis, ja, sogar die *Anweisung*, so oft ein Nickerchen zu machen, wie es nur ging.

Puk vergnügte sich damit, auf dem Boden herumzukrabbeln und mit den Orakelknochen und Kieseln zu spielen, mit deren Hilfe Brigid in die Zukunft blickte. Er warf sie durch die Gegend, stapelte sie auf oder legte Muster damit, aber Brigid behauptete steif und fest, er besäße hellseherische Fähigkeiten. Immer wieder betrachtete sie die willkürlichen Anordnungen und brummelte etwas vor sich hin wie: „Der Kleine ist ein echtes Naturtalent" oder „Muss wirklich mal wieder neuen Schlaftrank brauen." Dann blickte Puk andächtig zu ihr hoch und nickte eifrig.

Paz streifte ein paarmal mit der Alten durch den Wald und lernte dabei so manches, zum Beispiel, welche Pilze essbar waren und von welchen man sich die Seele aus dem Leib spie, wo die Eichhörnchen ihre winterlichen Nussvorräte versteckten und welche Baumrinde man kauen sollte, wenn man Fieber hatte. Außerdem lernte sie die Namen einiger Heilpflanzen – Königskerze, Goldrute und Stiefmütterchen – und auch, wie man sie zu Arzneien verarbeitete.

Podkin durfte nicht an diesen Streifzügen teilnehmen und war deswegen ein bisschen eifersüchtig auf seine Schwester. Schließlich gehörte der Zauberdolch *ihm!* Sollte er da nicht auch derjenige sein, an den Brigid ihr Wissen über Zauberei und Pflanzen weitergab? Das klang alles ungemein spannend, auch wenn man dafür natürlich gut zuhören und einiges auswendig lernen musste.

Eines Tages nahm er seinen Mut zusammen und fragte Brigid, ob sie ihm nicht etwas über Magie erzählen könne.

„Welche Art Magie meinst du?", fragte die Alte nur. Paz, die gerade Samenkörner in einem Mörser zerstieß, spitzte die Ohren.

„Gibt es denn verschiedene Arten?"

„Es gibt schwarze Magie und weiße Magie. Gute und böse."

„Welche ist denn die böse?"

„Mit der habt ihr bereits Bekanntschaft gemacht."

Sie sprach von den Gorm, begriff Podkin. Wie zur Bestätigung nahm Brigid einen ihrer Wandbehänge ab und hielt ihn hoch. Ein Kreis aus zwei Schlangen, die jede den Schwanz im Maul der anderen hatte, war darauf gestickt. Die eine Schlange war ein Seeungeheuer mit stachligen Flossen, die andere hatte offenbar Panzerschuppen aus scharfkantigem Metall.

„Hier siehst du die beiden Arten von Magie", erklärte Brigid, „die natürliche und die unnatürliche, eiserne. Die Welt besteht aus beiden, aber eigentlich sollten sie sich wie auf dieser Darstellung im Gleichgewicht halten. Eine frisst die andere, keine von beiden bleibt Sieger. So sollte es jedenfalls sein."

„Aber warum sind es überhaupt zwei Arten?", fragte Podkin. „Warum gibt es nicht einfach nur die natürliche Magie, die keinen Schaden anrichtet?"

Statt einer Antwort stand Brigid wieder auf und nahm eine Schnitzerei von einem der schiefen Wandborde. Sie stellte zwei weibliche Kaninchen da, die sich beieinander eingehakt hatten. Podkin erkannte die eine Figur an dem Blumenkranz um den

Hals und den Vogeljungen, die aus den Falten des Kleides lugten. Es war die lebensspendende Göttin Estra. Die andere Figur hatte etwas Grimmiges. Sie hielt einen furchteinflößenden Bogen, und ihr Gewand wurde von einem Gürtel aus kleinen Schädeln zusammengehalten.

„Das sind die göttlichen Zwillingsschwestern", verkündete Brigid mit feierlicher Gebärde. „Estra und Nixha. Leben und Tod."

Podkin ließ die Pfote über das polierte Holz gleiten. „Von Nixha habe ich schon gehört", sagte er. „Begleitet sie uns nicht ins Drüben, wenn wir sterben? Aber über solche Dinge wurde bei uns im Bau nicht oft gesprochen."

„Viele Stämme hier in der Gegend meiden dieses Thema", erwiderte Brigid kopfschüttelnd. „Dabei gehört Sterben doch zum Leben dazu. Aber im Süden gibt es Stämme, die ausschließlich Nixha verehren. Komische Burschen sind das. Ich würde dir ja gern raten, ihnen aus dem Weg zu gehen, aber …"

Bevor Brigid wieder anfing, unverständliches Zeug zu brabbeln, unterbrach Podkin sie rasch und fragte: „Und was haben die beiden Göttinnen mit den Gorm zu tun?"

„Nun ja …" Brigid stellte die Schnitzerei vorsichtig zurück. „Darum geht es in der Geschichte vom Anfang aller Dinge."

„Erzählst du sie mir? Bitte-bitte!"

Brigid sträubte sich erst ein bisschen – die Brennnesselsuppe war noch nicht gekocht und der Mais für das Brot noch nicht geschält –, aber schließlich nahm sie Podkin mit hinüber zum Backofen, vor dem Puk gerade wieder mit Kieseln und Knöchelchen spielte. Paz kam dazu, und die beiden älteren Geschwister setzten sich vor der Alten auf den Boden, als wäre sie eine Bardin, die eine Gutenachtgeschichte erzählte.

„Also, meine Lieben“, begann Brigid, als auch sie selbst es sich bequem gemacht hatte, „dann will ich euch mal die Geschichte von den Zwillingsgöttinnen und vom Anfang aller Dinge erzählen – so wie ich sie selbst von unserer alten Priesterin im Rotwasser-Bau gehört habe, als ich noch ein flauschohriges Kind wie ihr war.

Es heißt, unsere Welt sei einst ein finsterer und unwirtlicher Ort gewesen. Alles Land und alles Wasser war mit einer brodelnden Schicht aus giftigem Eisen überzogen, die aber in Wirklichkeit ein einziges großes Lebewesen war. Dieses Wesen trug den Namen Gormalech und hatte in seiner unstillbaren Gier alles verschlungen, was die Welt einmal ausgemacht hatte.

Stellt euch also unsere Erde vor, wie sie einsam und allein im All schwebt und von oben bis unten mit bösartigem, lebendigem Metall bedeckt ist. Und dabei wäre es bis in alle Ewigkeit geblieben, hätten die Zwillingsgöttinnen nicht eingegriffen.

Wann genau Estra und Nixha auftauchten, weiß niemand, aber sie beschlossen irgendwann, dass unsere Welt genau der richtige Ort für sie sei. Vielleicht erkannten sie unter Gormalechs strudelndem Gift das, was darunter lag, oder aber sie hatten unsere Welt schon gekannt, bevor er sich ihrer bemächtigt hatte, wer weiß?

Jedenfalls wollten sie sich unbedingt hier niederlassen, und das war unser aller Rettung. Die Frage war nur, wie sie Gormalech mit seiner Gier, seinem Gestank und seinem Gift loswerden konnten.

Erst versuchten sie es im Guten und fragten ihn, ob er sich bitte woandershin verziehen könnte. Natürlich sagte er ‚Nö – nicht für alle Möhren dieser Welt' oder etwas Ähnliches.

Daraufhin schlugen sie einen Wettkampf vor. Jeder der drei durfte sich eine Disziplin aussuchen, und es galt: Der Gewinner bekommt alles.

Die Göttin Estra forderte Gormalech zu einem Würfelspiel namens Fuchspfote auf und schlug ihn vernichtend.

Nixha dagegen wählte Bogenschießen, und natürlich verlor der alte Gormalech auch darin, denn niemand kann so meisterhaft mit Pfeil und Bogen umgehen wie Nixha. Sie verfehlt niemals ihr Ziel – wie wir alle noch feststellen werden, wenn sie uns eines Tages holen kommt.

Dann war Gormalech an der Reihe, etwas vorzuschlagen. Er wollte einfach nur kämpfen, und weil er tausendmal stärker und hinterhältiger war als die beiden jungen Göttinnen, prügelte er sie grün und blau.

Das Ende vom Lied war, dass keiner der eindeutige Sieger

war. Das passte ihnen zwar allen dreien nicht, aber sie schlossen notgedrungen einen Waffenstillstand und trafen eine Abmachung. Sie würden die Welt unter sich aufteilen. Den Göttinnen sollte die Oberfläche gehören, und sie durften den vorigen Zustand mit Leben (und Tod) wiederherstellen. Gormalech dagegen würde sich tief unter die Erde zurückziehen, dorthin, wo Eisen und andere Metalle ohnehin seit jeher beheimatet sind.

Weil sie dadurch ein Gleichgewicht herzustellen hofften, nannten sie ihre Abmachung ‚die Waage' und gelobten einander, sich bis ans Ende aller Zeiten daran zu halten.

Das war's." Brigid tauchte einen Steingutbecher in den Wasserkrug und trank ihn in großen Zügen leer. „Bei meinen Ohren – so viel auf einmal habe ich seit Jahrzehnten nicht mehr gesprochen!"

„Heißt das, die Gorm werden von diesem Gormalech erschaffen?", fragte Podkin so leise, dass er fast flüsterte. „Weil er die Welt wieder für sich allein haben will? Aber damit zerstört er doch das Gleichgewicht, denn die Gorm sind dabei, uns zu besiegen, oder nicht?"

„Das stimmt leider, und es stimmt auch, dass die Waage dieser Welt in eine Schieflage geraten ist. Gormalech hat sich eine List einfallen lassen, wie er die alte Abmachung umgehen kann, und die Macht der Göttinnen ist bedroht."

Podkin sah zu der Sitzbank hinüber, auf der Sternenklaue

und Brigids Sichel lagen. „Die Gorm waren hinter unserem Dolch her. Seinetwegen hat Scramashank unseren Vater umgebracht. Aber was wollen sie mit Sternenklaue?"

Brigid zuckte nur die Achseln. „Das kann ich euch auch nicht sagen, aber ich habe gehört, dass die Gorm alle Zwölf Gaben vernichten wollen, damit das alte Wissen der Götter und Göttinnen nicht mehr weitergegeben werden kann." Als sie zu den Kindern hinunterschaute, sah sie, dass Podkin zitterte. „Du brauchst keine Angst zu haben, Schätzchen. Ich habe dir doch erklärt, dass sich auch in der Magie zwei Kräfte die Waage halten. Selbst wenn sich die Waage vorübergehend zur einen Seite neigt, stellt sich eines Tages wieder das ursprüngliche Gleichgewicht ein. Die alte Abmachung hat immer noch Bestand, keine Sorge."

Das ließ Podkin auf sich wirken und kam zu dem Schluss, dass irgendwann jemand den Gorm Einhalt gebieten würde. Er zitterte immer noch, rang sich aber ein schiefes Grinsen ab, und als er zu seiner großen Schwester hochschielte, sah er, dass auch sie tapfer lächelte.

Die Geschwister vermissten ihre Eltern schrecklich und wünschten sich immer wieder, sie könnten einfach heimkehren und alles wäre wundersamerweise wieder so wie vor dem Überfall. Gleichzeitig fühlten sie sich in Brigids kleinem Bau mitten im Wald immer wohler und geborgener.

Doch eines Tages, als ihre Gastgeberin gerade den letzten Rest getrocknete Brennnesselblätter zusammenkratzte, um neue Suppe zu kochen, ging es Paz durch den Kopf, dass es an der Zeit war weiterzuziehen. Es ging nicht an, dass die alte Kaninchendame weiterhin drei zusätzliche Mäuler stopfen musste.

„Sie kann doch einfach ihre Vorräte aufstocken", wandte Podkin ein, als Paz ihn deswegen beiseitenahm. „Du kannst ihr doch jetzt beim Sammeln helfen."

„Schon, aber es ist Winter ... ein strenger Winter. Du weißt doch, wie viel Suppe allein Puk an einem Tag verschlingt."

„Aber wo sollen wir denn hin? Der Rotwasser-Bau war unsere einzige Hoffnung auf Zuflucht, und die hat sich zerschlagen!" Podkin tastete unwillkürlich nach seinem Ohrstummel.

Paz drückte tröstend seinen Vorderlauf. „Brigid weiß bestimmt Rat."

Noch am selben Abend sprachen sie die Alte darauf an und hatten wie so oft den Eindruck, dass sie ihre Frage bereits erwartet hatte.

„Ich wüsste da einen Ort", sagte sie seufzend. „Er ist weder besonders schön, noch wärt ihr dort besonders sicher, aber zumindest werden die Gorm nicht auf die Idee kommen, euch dort zu suchen."

Sie erzählte ihnen von einer Gruppe Ausreißer und Flüchtlinge, die sich auf einem verfallenen alten Friedhof am Rand eines Waldes angesiedelt hatten. Sie hatten ihren unterirdischen Bau zwischen den Zähnen und Gebeinen längst verstorbener Geschöpfe errichtet.

„Die Siedlung nennt sich Knochenwurzel. Wenn ihr dort Zuflucht sucht, seid lieber auf der Hut und erzählt nicht jedem, was euch hergeführt hat, aber die Gorm kann dort niemand leiden. Alle Bewohner von Knochenwurzel sind irgendwann vor ihnen geflohen, weil ihre Baue überfallen oder niedergebrannt oder ihre Familien versklavt wurden. Sie empfinden gegenüber den Gorm das Gleiche wie ich – nämlich abgrundtiefen Hass."

Dort gab es auch Söldner, erzählte sie weiter – Krieger, die man gegen Geld mieten konnte. Dabei zeigte sie auf Paz' silbernes Armband und Podkins goldene Gürtelschnalle. „Wenn ihr das beides verkauft, findet ihr vielleicht jemanden, der euch zur Seite steht. Jemanden, der euch beschützt und vielleicht woanders hinbegleiten kann, zum Beispiel ins Klirrkalt-Gebirge, wo die Gorm noch nie gesichtet wurden. Wenn ich ihr wäre, würde ich das versuchen."

Podkin wurde es schwer ums Herz. Ihm graute davor, wieder in die kalte, brutale Außenwelt hinauszumüssen, in der man jederzeit den einen oder anderen Körperteil einbüßen konnte. Vielleicht würde Brigid es sich ja noch mal überlegen und sie bitten zu bleiben? Wenn er sie besonders flehend ansah, vielleicht?

Aber das klappte natürlich nicht, weil sie auch das durchschaute. Überhaupt schien sie immer im Voraus zu wissen, was geschehen würde. Wenn sie sich bereits überlegt hatte, wo die Kinder hingehen konnten, führte kein Weg mehr daran vorbei.

Paz, die mehr Zeit mit der alten Hexe verbracht hatte als ihre Brüder, hatte inzwischen eine gewisse Vorstellung davon, inwieweit Brigid in die Zukunft blicken konnte. War es ihnen also bereits vorherbestimmt, nach Knochenwurzel zu gehen? Gehörte das zu Podkins „Geschichte", auf die Brigid immer mal wieder anspielte? Aber warum klang sie dann so bekümmert? Was erwartete die Kinder in der Flüchtlingssiedlung? Paz schwirrte der Kopf vor beunruhigenden Fragen.

Auch Puk wollte sich nicht von Brigid trennen. Als sie auf ihn zutrat, schnappte er sich mit einer Pfote ein paar von ihren Orakelknochen und krallte sich mit der anderen an ihrem Umhang fest. Brigid machte sich los, doch Paz entging nicht, dass sie dabei unglücklich aussah. Es musste schwer sein, die Zukunft zu kennen und die Ereignisse nicht aufhalten zu können, dachte sie. Vor allem, wenn es unschöne Ereignisse waren. War sie, Paz, denn selbst stark genug, das Unausweichliche geschehen zu lassen und zu ertragen? Sie hatte da so ihre Zweifel, aber gerade deshalb bewunderte sie Brigid umso mehr.

Brigid erklärte ihnen den Weg und zeichnete mit Holzkohle eine Karte auf ein Rindenstück. Zum Abschied schenkte sie ihnen noch drei Winterumhänge, dazu gestrickte Mützen und Schals. Die Kleidungsstücke passten den Kindern wie angegossen, waren aber so lange in einer Truhe verstaut gewesen, dass sie eingestaubt waren und erst einmal ausgeschüttelt werden mussten. Podkin konnte sich nicht erklären, wie das möglich war.

Er selbst bekam außerdem einen Waffengurt aus festem Stoff, damit er Sternenklaue unter dem Umhang versteckt tragen konnte. Brigid ermahnte ihn, gut auf die unschätzbar wertvolle Waffe aufzupassen, und er musste ihr versprechen, niemals zuzulassen, dass ein Gorm den Dolch auch nur anfasste.

Dann standen sie draußen im Schnee unter der mächtigen Eiche und verabschiedeten sich. Die Kinder umarmten Brigid und küssten sie auf die faltige Schnauze. Die Alte winkte ihnen mit Tränen in den Augen nach.

Als Paz sich noch einmal umdrehte, glaubte sie zu sehen, dass die Sichel an Brigids Gürtel wie zum Gruß aufleuchtete, und im selben Augenblick hatte Podkin das unerklärliche Gefühl, der zaubermächtige Dolch an seiner Hüfte würde plötzlich schwerer.

Die Siedlung

Indem sich die Kinder an Brigids Karte hielten, gelangten sie wieder an den Roten Fluss und folgten ihm so lange, bis er sich gabelte. Über den nach Süden führenden Arm führte eine behelfsmäßige Brücke aus zusammengebundenen Ästen, die sie stolpernd und schlitternd überquerten. Dann lag der Grimmwald vor ihnen. Die silbergrauen, frostglitzernden Baumkronen glichen einem Meer aus gefrorenem Holz, das sich unendlich weit erstreckte. Hier konnten sich Scharen mordlustiger Gorm verbergen oder Rudel ausgehungerter, blutdürstiger Wölfe, Wegelagerer, Räuber, Mörder … In seiner Fantasie sah Podkin sie allesamt so lebhaft vor sich, dass er sich zwingen musste, eine Hinterpfote vor die andere zu setzen.

Zum Glück wollten sie nach Osten und konnten am Rand

des Waldes entlanglaufen, wo die Bäume nicht so dicht standen.

Ihr Atem wallte in weißlichen Wolken um ihre Köpfe, aber die Umhänge und Mützen hielten sie schön warm. Bei jedem knirschenden Schritt, jedem knackenden Ast, rechneten sie damit, dass eine von den Gorm abgerichtete Krähe aufflattern würde. Sie drehten die Ohren (beziehungsweise in Podkins Fall *das* Ohr) unablässig in alle Richtungen und horchten, ob irgendwo zwischen den winterlichen Bäumen Metall klirrte oder heisere Befehle ertönten.

Aber entweder hatten die Gorm den Wald bereits durchkämmt oder aber Brigid hatte ihre neuen Umhänge mit einem Schutzzauber versehen – jedenfalls blieben sie unbehelligt.

Brigid hatte gemeint, sie würden mindestens zwei Tage unterwegs sein, und ihnen geraten, sich irgendwo ein Nachtlager zu suchen. Als sie eine hohe Schneewehe entdeckten, buddelten sie sich darin eine Höhle. Puk hatte großen Spaß daran, die Wände mit den Pfoten festzuklopfen. Im letzten Winter war er noch zu klein gewesen, um draußen zu spielen, und in diesem Winter war er noch nicht richtig dazu gekommen, denn erst hatten sie sich auf Frostnachten vorbereitet und dann … Paz und Podkin schauten ihrem Bruder dabei zu, wie er sich übermütig in dem pulvrigen Weiß wälzte und die Zunge in die kalten Kristalle stippte. Sie mussten an die Schneehöhlen und Schneeballschlachten vergangener Jahre denken. Wie unbeschwert ihr Leben doch gewesen war und wie wenig sie das zu schätzen gewusst hatten!

Als es dunkel wurde, war der improvisierte Unterschlupf fertig, und die drei waren stolz auf ihre Leistung. Podkin stellte sogar eine Bienenwachskerze hinein und bastelte dafür einen hölzernen Windschutz. Zu diesem Zweck hackte er mit Sternenklaue einen ganzen Baum so mühelos kurz und klein, als wäre es nur eine gedünstete Mohrrübe. Hätte ihn Paz nicht gebremst, hätte er in seinem Überschwang den halben Wald niedergemäht.

Das Abendessen bestand aus Haferkeksen und getrockneten Rote-Bete-Scheiben, die sie mit aufgetautem Schnee hinunterspülten. Als sie sich zum Schlafen zusammenrollten, kam ihnen die kleine Höhle schon recht gemütlich vor.

Podkin schlief aber nicht gleich ein, sondern betrachtete den Sternenhimmel. Er erkannte das Große Radieschen, die Ratte und die Schlange. Seine Mutter hatte ihn manchmal abends auf den Schoß genommen und ihm die Sternbilder gezeigt. Seit es ihm wieder besser ging, dachte er oft an sie. Anfangs hatten ihn die Erlebnisse bei den Rotwasser-Kaninchen und der Verlust seines Ohres noch zu sehr beschäftigt, aber allmählich wurde ihm klar, dass sie keine Ahnung hatten, wie es ihrer Mutter ergangen war.

Er stupste Paz so lange mit der Hinterpfote an, bis sie blinzelnd die Augen öffnete.

„Was ist denn?", fragte sie verschlafen. „Ist da draußen jemand?"

„Nein. Bloß die Sterne."

„Ja und? Ich bin müde."

„Ich muss an Mutter denken", sagte Podkin. „Wir sind so schnell weggerannt, dass wir gar nicht mehr mitbekommen haben, ob sie noch am Leben ist oder ob …" Er wollte eigentlich sagen „oder ob die Gorm sie umgebracht haben", biss sich aber auf die Zunge, weil er wieder seinen Vater vor sich sah, der sich mit erhobenem Schwert Scramashank entgegenstellte.

„Ich weiß, was du meinst", sagte Paz. „Hoffentlich geht es ihr gut – aber wir können jetzt nicht umkehren und nachsehen, denn sonst schnappen uns die Gorm und nehmen uns gefangen, so wie Rufus und Rusty."

„Außerdem wissen wir ja gar nicht, ob Mutter überhaupt noch in Gänseblum ist", stimmte ihr Podkin zu. „Oder glaubst du, es ist ihr ergangen wie Lady Russet, und sie ist jetzt eine Dienerin der Gorm?"

Bei dieser Vorstellung musste Paz herzlich lachen, hielt sich aber gleich das Maul zu, weil sie Puk, der sich im Schlaf an sie schmiegte, nicht wecken wollte. „Aber doch nicht unsere Mutter!"

Im ersten Augenblick war Podkin entsetzt. Wie konnte Paz nach allem, was passiert war, einfach darüber lachen? Dann aber stellte er sich vor, wie seine Mutter, die würdige Herrin des Gänseblum-Stammes, sich wie eine Dienerin unterwürfig verbeugte und mit den Pfoten scharrte, und musste selbst grinsen. Doch im nächsten Augenblick kamen ihm die Tränen. Seine stolze, entschlossene Mutter! Sie hatte einst den Anführer des Tieftal-Stammes aus der Langhöhle gejagt, weil er eine unverschämte Bemerkung über ihren Gatten Lopkin gemacht hatte, und selbst die unerschrockensten Krieger der Leibgarde fürchteten ihren strengen Blick. Podkin richtete ein stummes Stoßgebet an die Große Göttin, dass seiner Mutter die Flucht gelungen sein möge und sie genauso wie er irgendwo auf einem Nachtlager zu den Sternen emporschaute.

„Was hat es für einen Sinn, jemanden lieb zu haben, wenn er einem irgendwann doch weggenommen wird?", wandte er sich an seine große Schwester. „Wir werden unseren Vater nie wiedersehen, und unsere Mutter höchstwahrscheinlich auch nicht. An die beiden zu denken, tut so weh, dass ich mir fast wünsche, niemals Eltern gehabt zu haben."

Paz antwortete nicht sofort, doch dann rutschte sie zu ihm hinüber und zog ihn an sich. „Ja, es tut weh, Pod – es tut so unfassbar weh wie sonst nichts auf dieser Welt, und das wird wohl auch so bleiben. Dieser Schmerz gehört jetzt zu unserem Leben. Aber wir müssen stark sein – das würde auch Vater von uns erwarten."

Podkin kuschelte sich seufzend an sie. „Weiß ich doch. Ich wollt's bloß mal sagen."

„Außerdem sind unsere Eltern nicht weg. Sie werden immer bei uns sein. Ganz gleich, was für Unheil die Gorm noch anrichten, wir werden Mutter und Vater niemals vergessen … und unsere Erinnerungen kann uns niemand nehmen, stimmt's?"

„Hörst du manchmal noch Vaters Stimme? In Gedanken, meine ich", fragte Podkin, aber Paz war wieder eingeschlafen. Ihr und Puks leises Schnarchen erfüllte die kleine Schneehöhle.

„Ich schon", beantwortete Podkin seine eigene Frage flüsternd, vergrub den Kopf in den Pfoten und weinte sich leise in den Schlaf.

Als sie am nächsten Tag in der Knochenwurzel-Siedlung ankamen, war es schon früher Abend. Brigid hatte ihnen geraten, nach Baumstämmen Ausschau zu halten, in die ein Zeichen eingeritzt war – der gleiche Schlangenkreis wie auf ihrem Wandbehang, dazu die Ogham-Buchstaben *K* und *W*.

Puk hatte als Erster einen solchen Baumstamm entdeckt, obwohl er eigentlich gar nicht wissen konnte, was Brigid mit ihnen besprochen hatte. Er hatte auf eine knorrige Weide gezeigt und so laut gejuchzt, dass Podkin schon fürchtete, er würde die Gorm auf ihre Spur bringen. Als es Paz und ihm endlich gelungen war, den Kleinen zu beruhigen, hatten auch sie das in die Rinde eingeritzte Zeichen gesehen, das mit Lehm beschmiert war, damit es nicht so auffiel.

Danach fiel es ihnen leichter, die Zeichen zu erspähen. Ihnen zu folgen war ein bisschen wie eine Schnitzeljagd oder wie die Suche nach den bemalten Holzmöhren, die zur Feier des Frühlingsanfangs draußen im Freien versteckt wurden.

Jetzt mussten sie nur noch den steinernen Baum finden, von dem Brigid gesprochen hatte. Podkin hatte das für eine Metapher gehalten, ein bloßes Bild, doch plötzlich stand er direkt davor.

Der behauene Felsen ragte aus einem Brombeergestrüpp empor und war so dick und breit wie eine uralte Eiche. Das obere Ende war abgerundet, und das Ganze war von oben bis unten mit dicken Flechten bewachsen. Als sie ein Stück zurücktraten und ihn bestaunten, erkannte Podkin, dass es sich in Wahrheit um den Pfosten eines verfallenen Tores handelte.

Die Kaninchenkinder konnten sich nicht erklären, warum sich jemand die Mühe machte, einen Eingang über der Erde zu errichten, und dann auch noch aus Stein. In ihrem heimischen Bau hatte es eine steinerne Kamineinfassung gegeben, aber alles andere bestand aus Holz, in das Gänseblümchen und Blätterranken geschnitzt waren – die Wahrzeichen von Gänseblum. Etwas so Großes aus Stein herzustellen, musste eine Mordsarbeit gemacht haben, und dabei war es nur ein Teil eines Eingangs! Wie mochte da erst das restliche Bauwerk ausgesehen haben?

„Wer ist da?“, ertönte plötzlich eine Stimme, und sie fuhren alle drei erschrocken zusammen. Doch als sie sich umschauten, konnten sie niemanden entdecken. Oder hatte etwa der Steinpfosten selbst gesprochen?

„Äh … hallo?“, sagte Podkin zaghaft.

„Wer ist da, hab ich gefragt!“ Diesmal kam die Stimme eindeutig von unten. Als sie in das Brombeergestrüpp hineinspähten, entdeckten sie ein Loch in der Erde und darin zwei argwöhnisch blickende Augen.

Podkin erinnerte sich an das, was ihnen Brigid eingeschärft hatte, und erwiderte: „Wir sind nur Kinder. Wir sollen Kräuter für unseren Herrn kaufen. Er hat uns diese Karte gegeben.“ Er hielt das Stück Birkenrinde in die Höhe.

„Um diese Jahreszeit gibt's hier so gut wie keine Kräuter mehr“, entgegnete die körperlose Stimme. „Und Kinder haben hier sowieso nix zu suchen.“

„Bitte lasst uns rein“, sagte Paz in jämmerlichem Ton. „Sonst erfrieren wir. Und wenn wir ohne Kräuter zurückkommen, beziehen wir Prügel.“

„Hmpf!“, lautete die skeptische Antwort. „Dann lasst mich mal eure Augen sehen.“

Erst fand Podkin diese Aufforderung reichlich seltsam, aber dann begriff er, dass sich der Wachposten vergewissern wollte, dass sie keine roten Gormaugen hatten. Dass sie nicht dem verderblichen Einfluss des Eisens erlegen waren.

Sie knieten sich also nacheinander vor das Loch und starrten hinein, wobei sie ihre Unterlider herunterzogen. Anscheinend überzeugte das den Posten, denn sie hörten ihn zufrieden brummen und einen Riegel zurückschieben. Dann brach auf einmal der Boden um das Loch herum weg. Die Mündung eines unterirdischen, von flackernden Kerzen erleuchteten Ganges kam zum Vorschein, und außerdem der Wachposten selbst – ein narbenübersäter alter Krieger mit langem, geflochtenem Bart und einem geflickten Lederharnisch. Er machte den Eindruck, als hätte er schon so manche Schlacht geschlagen und als hätten seine Gegner dabei nicht nur ein bis zwei Ohren eingebüßt. Podkin war froh, dass sie nicht versucht hatten, sich an ihm vorbeizuschleichen.

Er winkte sie heran, hatte aber dabei eine Pfote am Schwertknauf. „Meinetwegen kommt rein“, sagte er mürrisch, „aber wenn ihr mich fragt, dann kauft ihr schnell eure Kräuter und seht zu, dass ihr wieder wegkommt. Mit ein paar Burschen da unten ist nicht gut Karotten knabbern. So was wie euch verspeisen die zum Frühstück – und zwar bei lebendigem Leib!“

Die Kinder eilten an ihm vorbei, wobei sie nicht vergaßen, sich höflich zu bedanken. Der Gang führte steil abwärts. Alle Baue, die Podkin bis jetzt betreten hatte, hatten eine prachtvolle Eingangshöhle besessen, deren Boden gepflastert oder gefliest war und deren Wände entweder verputzt und getüncht oder mit Wandbehängen geschmückt waren. Hier jedoch gab es nur diesen lehmigen, vom Kerzenrauch verqualmten Tunnel, aus dessen Wänden Wurzeln ragten. Wo waren sie bloß gelandet?

Hinter sich hörten sie die Pforte zuschlagen. Damit war ihnen der Rückweg versperrt, und sie mussten wohl oder übel weiterlaufen, einem ungewissen Ziel entgegen.

Das Erste, was Podkin auffiel, war der Geruch.

Weil er in einem unterirdischen Bau aufgewachsen war, war er daran gewöhnt, dass es immer ein bisschen miefte, ganz gleich, wie reinlich die Bewohner waren. Wenn so viele pelzige Wesen auf begrenztem Raum zusammenlebten, war das unvermeidlich, vor allem, wenn es Kohlrüben zum Abendbrot gab. Oder – Göttin bewahre! – Rote-Bete-Eintopf.

Doch der Geruch hier unten war damit nicht zu vergleichen. Er hing nicht einfach nur in der Luft, sondern war wie eine lebendige Wand, gegen die man anrannte. Er haute einen richtiggehend um und schien eine Mischung aus allen Gerüchen dieser Welt zu sein, ein überwältigender Mief nach Feldfrüchten, Fell und Fürzen.

„Da verschlägt's einem erst mal den Atem, was?", hörten sie den Wachposten hinter sich sagen. Ihm war nicht entgangen, dass sie angeekelt nach Luft schnappten. Sie konnten sich nicht überwinden, ihm zu antworten, sondern trabten mit zusammengekniffenen Augen weiter. Was in aller Welt stank hier so schauderhaft?

Es waren Kaninchen. Hunderte von Kaninchen.

Jede erdenkliche Fellfärbung war vertreten. Da gab es braune Kaninchen und weiße Kaninchen, gescheckte und gefleckte, gestromte und gestreifte. Riesenkaninchen, die alle anderen überragten, Zwergkaninchen, die noch kleiner als Puk waren. Zottige Löwenkopfkaninchen, bunte Fuchskaninchen, samtige Rexkaninchen, wuschelige Angorakaninchen und unzählige andere Rassen, von denen Podkin noch nie gehört hatte. Sie alle waren von den Gorm vertrieben worden. Wie viele von ihnen mochten sich wohl so heimatlos und elend fühlen wie er selbst?

Fast genauso überwältigend wie der Gestank war der Lärm, der ihnen wie eine Woge aus Reden, Rufen und Musik entgegenbrandete, als sie nun in eine große Höhle traten, in der es wimmelte wie in einem Ameisenhaufen.

Die Höhle selbst ließ Podkin sein Staunen angesichts des steinernen Torpfostens sofort vergessen, denn hier erstreckten sich steinerne Säulen vom Boden bis unter die Decke, deren Last sie trugen. Anders hätte man eine solche Höhle gar nicht erbauen können, denn sie war so riesig, dass ohne weiteres zehn Langhöhlen darin Platz gefunden hätten.

Die Decke selbst war von Wurzeln und Ranken durchzogen, die sich um die Säulen wanden und über den Boden schlängelten. Überall hingen und standen zahllose Laternen und dicke Kerzen, deren geschmolzenes Wachs alles volltropfte.

Zwischen den Säulen fand der größte Markt statt, den Podkin je gesehen hatte. Die Stände drängten sich dicht an dicht und boten alle Arten von Waren feil. Manche waren richtige Buden, die farbig bemalt waren und mit Stoff verhängte Verkaufstische hatten, andere bestanden nur aus einer auf dem Boden ausgebreiteten, zerschlissenen Decke.

Die Händler standen zwischen, hinter oder mitten in ihren Auslagen, priesen ihre Produkte lautstark an und feilschten mit den Kunden. Podkin wurde von dem Krach ganz benommen. Met wurde ausgeschenkt, und man konnte gekochtes, geschmortes und gebratenes Gemüse aller Art kaufen, dazu Steingutgeschirr, Kerzen, Lampen, Waffen, Kleidung, Rüstungen, Musikinstrumente, Arzneien, Amulette, Bücher, Pergamentrollen, Holzspielzeug und Puppen – den Kindern wurde ganz schwindlig.

Wer beaufsichtigte dieses Durcheinander? Wer sorgte hier für Ordnung? Podkin konnte nirgends irgendwelche Wachen oder Krieger entdecken. Anscheinend machte hier jeder, was er wollte, und es ging trotzdem friedlich zu.

Eine ganze Weile standen die Geschwister einfach nur da und schauten sich staunend um. Ihnen ging auf, dass ihr elterlicher Bau, den sie immer für den Nabel der Welt gehalten hatten, verglichen hiermit ein unbedeutendes Erdloch war.

„Wahnsinn!", brachte Podkin schließlich heraus.

„Stimmt", sagte Paz. „Wahnsinn!"

„Will Suppe!", setzte Puk hinzu.

Das Ganze erinnerte Podkin an den Jahrmarkt, der jeden Sommer nach Gänseblum gekommen war. Ein kunterbuntes Gewimmel aus Wagen und Zelten, die Waren aus den entlegensten Winkeln der Fünf Länder verkauften. Außerdem traten Jongleure auf, Akrobaten, Feuerschlucker und Stelzenläufer.

„Wie auf dem Jahrmarkt, oder?", sagte Paz, der offenbar das Gleiche durch den Kopf ging.

„Weißt du noch, wie Vater es mal mit Feuerschlucken probiert hat?"

„Du meinst, wie er sich dabei den Bart abgefackelt hat?"

Podkin musste kichern, doch dann fiel ihm wieder ein, dass sein Vater höchstwahrscheinlich tot war, und ihm wurde wieder ganz elend zumute. Als er Paz ansah, spürte er, dass es ihr genauso ging. Die Welt war nicht mehr dieselbe, etwas Unersetzliches fehlte. Wie konnte es sein, dass alles genauso weiterging wie vorher, mit Kaufen und Verkaufen, Geschwätz und Gelächter, und ihr Vater konnte nicht mehr dabei sein?

Die Kaninchen in dieser Siedlung ahnten nicht, dass es jemals einen Stammesführer Lopkin gegeben hatte. Die drei Kinder standen stumm da und ließen sich von den Gerüchen und Geräuschen des Marktes einhüllen.

Dann gab Paz sich einen Ruck. „Also … wo fangen wir an? Wir wollen doch einen Söldner mieten."

Podkin musste sich richtig zwingen, in die Gegenwart mit ihren Problemen zurückzukehren, doch auch ihm fiel wieder ein, dass sie ja eigentlich hier waren, um sich einen Begleiter und Beschützer zu suchen. Aber wen sollten sie in diesem Gewühl von Wildfremden ansprechen?

„Wir fragen einfach irgendwen."

„Toll! Du bist ein Genie, Bruderherz."

„Du brauchst nicht gleich patzig zu werden", gab Podkin ärgerlich zurück. „Hast du eine bessere Idee?"

„Ich? Eine Idee? Bin ich hier der Anführer, oder was? Ich bin nur ein Mädchen, schon vergessen?" Paz schnappte sich Puk und ging zur nächstbesten Bude hinüber, in der ein Kaninchen mit schwarzem Fell Töpfe mit eingelegten Roten Beten verkaufte. „Entschuldigung – wo mietet man denn hier Söldner? Gibt es dafür auch einen Stand?"

„Söldner? Du meinst bezahlte Krieger?" Die Budenbesitzerin musterte die Kinder von oben bis unten, wobei ihr Blick etwas länger auf Paz' Armband und Podkins Gürtelschnalle zu verweilen schien. „Wofür braucht ihr Knirpse denn einen Söldner, hä?"

„Wir sind bloß neugierig." Eine überzeugendere Lüge fiel Podkin auf die Schnelle nicht ein. Die Budenbesitzerin zog die Augenbrauen hoch und deutete auf einen abgezäunten Bereich vor einer der Säulen.

„Da drüben. Aber doll ist das Angebot nicht. Alle Krieger,

die ich kenne, sind aus Angst vor den Gorm abgehauen. Haben sich hinter die Berge verzogen, wo die Lage nicht so brenzlig sein soll. Wollt ihr nicht einen Topf Rote Bete kaufen?"

Die Kinder lehnten dankend ab und bahnten sich einen Weg durch das Gedränge, bis sie vor dem Zaun standen. Dahinter lungerten ein paar zweifelhafte Gestalten herum: ein breitschultriger, muskulöser Rammler, der sein langes, schneeweißes Fell auf dem Kopf zu Stacheln gezwirbelt hatte und dessen linker Vorder- und Hinterlauf geschient und verbunden waren, ein Riese mit schwarzem Fell und zerfetzten Ohren, der überhaupt nur noch einen Vorderlauf besaß, und ein braun und weiß Gescheckter mit Holzbein und Krücke.

Podkins Blick fiel noch auf einen Grauen mit weißlichen, leeren Augen, der still für sich in einer Ecke hockte. War das alles, was die Siedlung an Kriegern zu bieten hatte? Diese vier abgerissenen Gesellen, von denen einer obendrein blind war? Da nahmen sie es doch lieber allein mit den Gorm auf!

„Stimmt schon – doll ist das nicht", wandte er sich enttäuscht an seine Schwester.

Paz nickte. „Ganz deiner Meinung. Allerdings kosten sie vermutlich nicht viel. Wenn ich mein Armband verkaufe, können wir uns wahrscheinlich die ganze Truppe leisten und behalten noch reichlich Geld übrig."

Um zu erfragen, wie viel so ein Söldner tatsächlich kostete, wollte Podkin über den Zaun klettern, kam aber nicht dazu, weil ihn jemand so fest an der Schulter packte, dass es wehtat. Außerdem spürte er die Spitze eines Messers in den Rippen.

Paz riss angstvoll die Augen auf, und als Podkin sich umdrehte, erblickte er einen stämmigen Rammler mit räudigem braunem Fell und verschlagenen, rötlich funkelnden Augen. Als der Fremde sich vorbeugte, rochen die Kinder seinen Atem, der nach fauligem Gemüse und abgestandenem Met stank.

„Ihr drei Gören gehört jetzt mir!", raunte er heiser. „Und eure hübschen Schmuckstücke auch. Folgt mir unauffällig, oder der Kleine hier verliert auch noch das andere Ohr … Schnipp-schnapp!"

Er bleckte grinsend die schiefen gelben Zähne und drückte noch fester mit dem Messer zu. Podkin schrie auf, und Paz konnte nur hinterherlaufen, als der unheimliche Fremde ihren Bruder aus der Markthöhle zerrte und mit ihm in einem Gewirr aus Seitengängen verschwand.

Bulle und Quitte

Der Braune mit dem stinkenden Maul zog Podkin immer tiefer in das unterirdische Labyrinth hinein, wobei er ihm die ganze Zeit das Messer in die Rippen bohrte. Podkin hörte, dass Paz ihm folgte und Puk leise weinte. Ab und zu drehte sich sein Entführer nach den beiden um und machte eine höhnische Bemerkung wie: „So ist's recht, Kleine. Wenn du schön brav mitkommst, brauch ich deinen Bruder nicht in Scheiben zu schneiden."

Je weiter sie sich vom Markt entfernten, desto stiller wurde es. Der Lärm war zwar noch zu hören, aber so gedämpft und fern, als wäre das Ganze nur ein Traum gewesen.

Anfangs sahen sie noch Anzeichen von Leben, denn der Gang war von beleuchteten Behausungen und Geschäften gesäumt. Sie kamen an einem Laden für sauer eingelegte Radieschen vorbei, einer vollgehängten Wäscheleine, einer Kneipe. Doch bald gähnten nur noch hier und da die Eingänge zu nicht mehr bewohnten Höhlen – finstere Löcher, die bereits von einem Spinnennetz aus dünnen Wurzeln überwuchert waren. Ob wohl die ganze Welt eines Tages so aussehen würde?, überlegte Podkin, wenn ihn das Messer gerade mal nicht in die Flanke pikte. Irgendwann, wenn die ganze Kaninchenheit zu Staub zerfallen wäre? Dann würden Wurzeln, Moos und Erde nach und nach alles zurückerobern, als wäre es nie anders gewesen.

Immer wieder ragte auch eine Rippe oder ein Kieferknochen aus der Decke oder dem Boden. Auf manchen dieser Gebeine waren Kerzen befestigt, sodass sie mit Tropfsteinen aus geschmolzenem Wachs verziert waren. Wem hatten diese Überreste einst gehört? Und wer hatte sie hier bestattet? Hätte Podkin nicht gerade um sein Leben fürchten müssen, hätte er sich die Sache gern näher angeschaut.

Hier unten war es feucht, und es roch faulig. Das lag unter anderem daran, dass der Boden mit vor sich hinschimmelnden Abfällen übersät war, was den allgegenwärtigen Gestank noch verstärkte. Aus den Wänden sprossen Pilze, die im Zwielicht fahl leuchteten wie kleine Gespenster oder die Augen lauernder Ungeheuer. Da und dort schlängelten sich auch dicke, bleiche Maden über den Boden. Podkin hörte, wie Paz versehentlich auf eine drauftrat. *Plopp!* machte es, und Paz schrie leise auf. Sie verabscheute alles, was kroch und krabbelte, deshalb hatte sich Podkin daheim in Gänseblum oft einen Spaß daraus gemacht, in ihrem Bett Würmer oder Insekten zu verstecken.

Ach, wenn sie doch wieder daheim wären!

Podkin überlegte, ob er versuchen sollte, den Dolch zu ziehen und seinen Entführer damit abzuwehren, entschied sich aber dagegen. Bis er die Waffe aus dem Stoffgurt befreit hatte, hätte ihn der Kerl längst zerstückelt und würde sich obendrein den Dolch schnappen. Nein, Podkin musste wohl oder übel mitgehen.

Fast am Ende des Ganges tat sich wieder der Eingang zu einer Höhle auf. Davor türmte sich der Abfall: angeknabberte Rüben, kaputtes Geschirr und ein klebriger, stinkender Brei, bei dem es sich einst um etwas Essbares gehandelt haben mochte. Hier zappelte und zuckte der ganze Boden vor Maden.

Ein schwacher Lichtschein drang durch die löchrige Decke, mit der der Eingang verhängt war. Podkin blieben nur ein paar Sekunden, um sich vor dem zu fürchten, was ihn drinnen erwartete, dann schlug sein Entführer die Decke auch schon zurück und schubste erst ihn hinein und dann Paz und Puk hinterher, sodass die drei Kinder übereinanderpurzelten.

„Na, was bringst du uns da Schönes, Quitte?“

Als Podkin den Kopf hob, stellte er fest, dass sie in einer Wohnstube gelandet waren, die allerdings für Kaninchenverhältnisse eher klein war. Die Wände waren kahl. An manchen Stellen war noch ein bisschen Tünche erhalten, sonst war der Lehm mit wuchernden Schwämmen und schwarzem Schimmel überzogen. An einer Wand stand eine große Truhe, an der gegenüberliegenden Wand waren zwei aus Haselruten geflochtene, unförmige Käfige aufgestellt. Der Boden dazwischen war mit leeren und zerbrochenen Steingutflaschen, angenagten Möhrenspitzen, Staub und Spinnweben bedeckt. Hier hielt niemand Ordnung, und es stank fast so übel wie draußen im Gang.

Podkin entdeckte in dem Durcheinander auch eine kleine Feuerstelle, in der ein paar geschwärzte Holzscheite vor sich hinqualmten und die Höhle in dunstiges rötliches Licht tauchten. Der Rammler, der dort saß und sich den Wanst wärmte, war groß und dick und hatte ein fleckiges Tuch um die Ohren gebunden. Sein Bart war geflochten, am Ende war ein silbernes Glöckchen befestigt. Er musterte die Kinder aus kleinen, zusammengekniffenen Augen. Neben ihm lehnte eine riesige hölzerne Keule, deren Ende mit rostigen Nägeln gespickt war.

„Hab 'nen guten Fang gemacht, Mister Bulle“, erwiderte Podkins Entführer. „Zwei hübsche kleine Kinder und ein Baby. Sie haben die Söldner begafft, als wären sie im Zoo oder so was.“

„Die Söldner? Sie hätten gleich hierherkommen sollen, wenn sie den fähigsten Krieger in ganz Knochenwurzel sehen wollen!" Als der Dicke sich erhob, hing ihm der Bauch bis zu den Knien. Er trug lederne Schulterpolster und Beinschienen, seine vernarbte Vorderseite jedoch war ungeschützt und so breit wie der Stamm einer Eiche. „Stell sie auf die Pfoten, damit ich sie mir besser anschauen kann."

Ein stechender Schmerz durchzuckte Podkin, als ihn sein Entführer am gesunden Ohr hochzog, und auch Paz schrie auf. Puk verkroch sich jammernd unter ihrem Kleid.

„Bei Herions Bart – sieh dir diese Gürtelschnalle an! Und das Armband! Viel zu schwer für zwei so schwächliche Kinderchen. Sei doch so gut und befreie sie von dieser Last, Quitte."

Der Braune lachte und zerrte so lange an Paz' Armband, bis es über ihre Pfote glitt, dann packte er Podkins Gürtel und säbelte ihn einfach mit dem Messer durch. Podkin hätte sich am liebsten beschwert, dass der Gürtel ein Frostnachtsgeschenk seines Vaters war, doch als sein Blick auf Mister Bulles Gesicht fiel, biss er sich auf die Zunge.

„Haben sie sonst noch was Wertvolles dabei?", fragte der Dicke.

Als Quitte Podkin abtastete, entdeckte er Sternenklaue. Er zog den Dolch aus dem Gurt, und Podkin kniff entsetzt die Augen zusammen. *Du solltest doch aufpassen, dass er niemand anders in die Pfoten fällt!*

„Nur noch dieses olle Buttermesser, Mister Bulle. Damit würd ich mir nicht mal die Zehennägel schneiden."

Bulle warf einen flüchtigen Blick auf den Dolch, aber das Armband und die Gürtelschnalle, die ihm Quitte zugeworfen hatte, interessierten ihn deutlich mehr. „Damit habt ihr eure Miete für die erste Nacht beglichen", wandte er sich an Podkin. „Dein Spielzeugmesser kannst du behalten, Kleiner, damit kannst du keinen Schaden anrichten. Vielleicht taugt es ja zum Gürteltaschenabschneiden, denn du musst dir ja auch weiterhin Kost und Logis verdienen." Er und Quitte lachten schallend, auch wenn Podkin den Witz nicht verstand. „Und jetzt zeig ihnen ihre Unterkunft, Quitte."

Der Braune öffnete einen der Käfige und stieß die drei Geschwister hinein.

„Falls ihr auf die Idee kommen solltet, heute Nacht fliehen zu wollen", sagte Mister Bulle, „darf ich euch schon mal vorwarnen, dass immer einer von uns wach bleibt und ein Auge auf euch hat."

Quitte lachte wieder und schwenkte sein Messer, sodass es im Kerzenschein aufblitzte und keine Fragen offen ließ, was ihnen bei einem Fluchtversuch blühte. Bulle stimmte in das Gelächter ein, und Podkin und Paz sahen einander voller Panik an.

Die restliche Nacht war unbequem, angsteinflößend und schier endlos. Podkin und Paz hockten nebeneinander und spähten durch das Gitter aus Haselruten zu Quitte und Bulle hinüber,

Puk hatte sich zwischen sie gezwängt und quengelte, weil er Hunger hatte. Ein paar Mal versuchten die beiden Älteren, sich flüsternd zu unterhalten, doch die beiden Schurken hörten es jedes Mal, und dann steckte Quitte einen langen Stock in den Käfig und schlug sie damit auf Köpfe und Schienbeine, wo es am meisten wehtat. Irgendwann gaben sie es auf und saßen in beklommenem Schweigen da.

Erst jetzt fiel Podkin auf, dass der andere Käfig nicht leer war. Zwei kleine Gestalten kauerten darin, offenbar ebenfalls Kinder. Sie hatten wohl schon ihre Erfahrungen mit Quittes Stock, denn sie gaben keinen Mucks von sich. Nur einmal glaubte Podkin ein Auge zu erkennen, das zu ihnen hinüberschielte, doch es schloss sich gleich wieder. Wie lange die beiden anderen wohl schon dort gefangen waren, ohne dass jemand zu ihrer Befreiung herbeigeeilt war? Es lief ihm kalt den Rücken hinunter.

Irgendwann hatte Puk sich in den Schlaf geweint und auch Paz schien eingenickt zu sein. Die beiden Erwachsenen am Feuer gaben Schnarchlaute von sich. *Jetzt oder nie!*, ging es Podkin durch den Kopf. *Aber was soll ich tun?*

Er überlegte fieberhaft, doch ihm fiel nichts ein. *Was hätte Vater an meiner Stelle getan?* Er lauschte, ob wieder eine innere Stimme zu ihm sprach, doch diesmal blieb alles still.

Hätte Vater hier herumgehockt und abgewartet, was die Kerle mit uns vorhaben, wenn es Morgen wird? Niemals!

Bestimmt hätte Lopkin längst den Käfig aufgeschnitten, sich auf Quitte und Bulle gestürzt und sie zu Kaninchengulasch zerhäckselt.

Leider traute sich Podkin das nicht zu. Er hatte zu oft den Fechtunterricht geschwänzt. Er konnte gerade mal einen Schwertknauf von einer Klinge unterscheiden, aber mit einer Waffe richtig umgehen … Vielleicht gelang es ihm ja wenigstens, ein Loch in den Käfig zu schneiden, durch das sie fliehen konnten. Ja, das klang machbar.

Er tastete verstohlen nach Sternenklaue, doch eine Stimme aus dem Dunkeln ließ ihn innehalten.

„Ich schlafe nicht, du kleine Ratte!", grollte Bulles Bass. „Und ich bleibe auch noch die nächsten beiden Stunden wach, bis Quitte an der Reihe ist. So leicht kommt ihr mir nicht davon."

Der Dicke lachte in sich hinein und schlürfte, so wie es sich anhörte, einen Schluck Met. Nach einer weiteren halben Ewigkeit hörte Podkin, wie er Quitte weckte und sich seinerseits auf einer zerlumpten Decke schlafen legte.

Quitte ist der Kleinere von beiden, überlegte Podkin. *Vielleicht kann ich rausschlüpfen und ihm den Kopf abhacken, ehe Bulle aufwacht?* Doch er spürte, dass er das nicht über sich bringen würde. Einen Baum umhacken konnte er – jemanden töten nicht.

Dann müssen wir eben doch warten, bis es Morgen wird.

Trotzdem fühlte sich Podkin als Versager. Als hätte er eine Prüfung nicht bestanden. Andererseits war er das ja gewohnt. Er war geradezu ein Meister darin, Prüfungen nicht zu bestehen.

Tut mir leid, Vater. Ich bin eben kein Held, so wie du. Podkin befühlte die leere Stelle, an der sein Gürtel gesessen hatte, und verlor sich in Gedanken an das Frostnachten, an dem er das Geschenk unter den wohlwollenden Blicken seines stolzen Vaters ausgepackt hatte.

Als es endlich Morgen wurde, hockte Podkin todmüde in einem Winkel des Käfigs. Er hatte kaum ein Auge zugetan. Verglichen mit ihm waren Paz und Puk geradezu ausgeschlafen. Die drei waren aufgewacht, weil von der Feuerstelle Geräusche gekommen waren, und jetzt sahen sie einander verängstigt an und warteten darauf, was nun Schreckliches mit ihnen geschehen würde.

Bulle und Quitte waren beide aufgestanden und kamen zu ihnen herüber. Quitte öffnete den Käfig, packte Podkin am Kragen und zog ihn heraus. Podkin stand benommen und leicht schwankend da, worauf Quitte auch den zweiten Käfig öffnete und ein Kaninchenmädchen herauszerrte. Es war sehr klein, hatte ein flauschiges Gesicht und kurze, spitze Ohren. Ein zweites Kaninchen, das dem Mädchen sehr ähnlich sah, spähte eingeschüchtert durchs Gitter.

„Pass auf, Neuer!“ Mister Bulle beugte sich weit vor, damit er Podkin über seinen gewölbten Wanst hinweg anschauen konnte. „Du gehst jetzt wieder auf den Markt und verbringst diesen wunderschönen Tag damit, dass du bettelst, schnorrst und alles klaust, was du zu fassen kriegst.“

„Wir wollen was zum Futtern“, setzte Quitte hinzu. „Und was zum Saufen. Und Geld natürlich. Und alles, was man zu Geld machen kann.“

„Soll heißen“, ergriff Bulle wieder das Wort, „dass du dir die Taschen so prall füllst, wie du nur kannst, und dann wieder herkommst und die Beute bei uns ablieferst.“

„Und wenn ich mich weigere?“, fragte Podkin. Der Gedanke, etwas stehlen zu sollen, gefiel ihm gar nicht, und der Gedanke, anschließend in dieses stinkende Frettchenloch zurückzukehren, noch viel weniger.

„Tja, wenn du dich weigerst, kriegen wir womöglich solchen Kohldampf, dass wir gezwungen sind, deine Schwester aufzufuttern“, gab Quitte zurück.

„Die Kleine schmeckt bestimmt lecker, was, Quitti?“ Bulle lachte, dass sein dicker Bauch nur so wabbelte. Podkin schluckte schwer. Bulle wurde wieder ernst, packte ihn unsanft an der Schulter und zog ihn zu sich heran. „Deine Schwester ist unsere Geisel“, verkündete er mit seiner Bassstimme. „Damit ihr nichts zustößt, tust du gefälligst jeden Tag, was wir dir sagen.“

„Jeden Tag?!“

„Du hast dich nicht verhört." Bulle grinste hämisch. „Ab jetzt arbeitest du für uns. Stell dich drauf ein, dass es für sehr, sehr lange Zeit ist!"

Im Käfig brach Puk in Tränen aus und weinte. Und weinte. Und weinte. Lauter und lauter, bis sein schrilles Gejammer ohrenbetäubend war. Weil Paz Angst vor weiteren Schlägen hatte, versuchte sie ihn zu trösten, doch er ließ sich nicht beruhigen, nicht einmal, als Paz ihm Suppe versprach. Sie schaute flehend zu Podkin hoch.

„Bei Herions haarigen Kniescheiben – bring das verdammte Gör zum Schweigen!", donnerte Bulle. „Oder ich übernehme das!"

Als Quitte nach seinem Stock griff, sagte Podkin rasch: „Solange mein Bruder da drin eingesperrt ist, heult er weiter. Am besten nehme ich ihn mit auf den Markt. Dann müsst ihr ihn nicht mehr hören, und weil meine Schwester eure Geisel ist, könnt ihr trotzdem sicher sein, dass ich zurückkomme."

In Wirklichkeit hatte er keine Ahnung, was er mit Puk anfangen sollte. Er wollte ihn nur außer Reichweite der brutalen Kerle bringen. Vielleicht konnten sie beide ja fliehen? Und dann Hilfe holen und Paz befreien? Aber wer sollte ihnen jetzt noch helfen, wo sie nicht mehr dafür bezahlen konnten?

„Meinetwegen nimm ihn mit!", übertönte Bulle das Geschrei. „Hauptsache, hier ist endlich Ruhe!"

Quitte öffnete die Käfigtür, entriss Puk seiner Schwester

und warf ihn Podkin zu. Podkin konnte seinen kleinen Bruder gerade noch auffangen, und Puk vergaß vor lauter Schreck das Heulen.

„Schluss jetzt!“, sagte Bulle barsch. „Zisch ab, und komm ja nicht mit leeren Pfoten wieder!“

Quitte scheuchte Podkin und das fremde Kaninchenmädchen mit Pfotentritten aus der Höhle und zog die Decke wieder vor den Eingang. Es gelang Podkin noch, sich nach Paz umzudrehen. Seine große Schwester sah traurig, einsam und verängstigt aus, riss sich aber tapfer zusammen und gab ihm mit der Pfote ein unmissverständliches Zeichen. *Los, lauf! Hau ab!*

Sie wollte, dass er Puk und sich in Sicherheit brachte und nicht zurückkam.

Fuchspfote

Podkin stand in dem halbdunklen Gang und sah das fremde Kaninchenmädchen fragend an. Es erwiderte seinen Blick kurz, dann zuckte es die Achseln und lief in Richtung Markt.

„He, warte doch mal!“ Podkin stapfte, so schnell er konnte, hinterher, wobei er aufpassen musste, dass er Puk nicht fallen ließ. Vor einer flackernden Kerze, die auf einem aus der Wand ragenden Beinknochen befestigt war, holte er das Mädchen ein. Das Licht warf wabernde Muster auf die von der Decke hängenden Wurzeln und den Abfall auf dem Boden, sodass es aussah, als stünden sie auf dem Grund eines ungewöhnlich verschmutzten Tümpels.

Die Kleine drehte sich mit ungeduldiger Miene nach ihm

um, als hielte Podkin sie von etwas Dringendem ab. „Was ist denn?“

Podkin stand keuchend da und wusste nicht recht, was er sagen sollte. „Äh … hallo! Ich heiße Podkin. Und das hier ist Puk. Ich … ich wüsste gern …“

„Hör mal, ich will ja nicht unhöflich sein, aber wir müssen uns beeilen“, schnitt ihm die Kleine das Wort ab. „Wenn wir nicht bis zum Abend Berge von Essbarem und ein bisschen Geld zusammenhaben, dann … na ja, sagen wir, dann wird es ziemlich unangenehm für uns.“

„Machst du das jeden Tag?“, fragte Podkin. „Ich meine, auf dem Markt betteln und stehlen? Hast du nie versucht zu fliehen?“

„Zu fliehen?“ Das Mädchen sah ihn an, als sei er nicht recht bei Trost. „Die Kerle haben meinen Bruder in ihrer Gewalt. Ich kann ja wohl schlecht ohne ihn fliehen!“

„Und was ist mit euren Eltern?“, bohrte Podkin weiter. „Wo sind die denn? Du könntest dich doch auch an die Wachen oder den Stammesführer hier wenden, damit sie ihnen Bescheid geben.“

„Unsere Eltern sind schon fünfzig Jahre alt und leben in einem Bau hinter dem Klirrkalt-Gebirge.“ Als Podkin sie daraufhin anstarrte, als spräche sie Thriantanisch, seufzte sie und schüttelte den Kopf. „Ich bin kein Kind mehr, Popkin … oder wie heißt du doch gleich? Mein Bruder und ich sind

Zwergkaninchen. Ich bin längst ausgewachsen, auch wenn ich nicht größer bin als du. Aber auch diese frettchenhirnigen Schwachköpfe halten uns für Kinder. Deswegen haben sie uns ja entführt."

„Seid ihr schon lange bei ihnen?"

Das Zwergkaninchen zuckte wieder die Achseln. „Ein halbes Jahr, schätze ich, auch wenn es mir länger vorkommt. Als wir hinkamen, saß in eurem Käfig noch ein anderes Kind, aber es wurde krank und ist gestorben. Sie haben es ein Stück vor der Höhle begraben."

Podkin schluckte. Er wollte nicht in der stinkigen Höhle der beiden Schurken sterben und hinterher lieblos verscharrt werden.

„Ich kann dir nur raten, sie bei Laune zu halten", fuhr das Zwergkaninchen fort. „Dann schlagen sie euch nicht. Bring ihnen so viel zu futtern, wie du kannst, aber lass dich beim Klauen nicht erwischen. Hier gibt es zwar keine Wachen, und ganz bestimmt keinen Stammesführer, aber die Budenbesitzer machen mit Dieben kurzen Prozess."

Sie klopfte Podkin auf die Schulter, drehte sich um und lief weiter. Podkin sah ihr nach. Bevor sie seinem Blick entschwand, rief er: „Ich heiße übrigens *Podkin*, nicht Popkin!"

„'tschuldigung!", rief das Zwergkaninchen. „Ich bin Mischka, aber du kannst mich gern Mischi nennen. Und mein Bruder heißt Maschka." Damit war sie weg.

Mischi und Maschi, dachte Podkin. Wenigstens hatten sie Schicksalsgenossen.

„Mischi!", piepste Puk.

Kurz darauf betraten Podkin und Puk die Markthöhle. Wieder trafen der Lärm und der Gestank Podkin wie ein Schlag, aber seine Nase hatte sich offenbar inzwischen ein bisschen daran gewöhnt, denn es gelang ihm besser, einzelne Gerüche zu unterscheiden: Gewürze, geschmortes Gemüse, gerösteter Kaffee, gegerbtes Leder, Räucherwerk. Jedes dieser Aromen kämpfte mit den anderen um die Vorherrschaft, sodass es Podkin ganz schwummerig wurde.

Er ließ den Blick über das geschäftige Gewühl schweifen. Wie sollte es ihm gelingen, ausreichend Essbares und genug Geld aufzutreiben, um Bulle und Quitte zufriedenzustellen – und dabei nicht geschnappt und an den Ohren (beziehungsweise am Ohr) aufgehängt zu werden? Bei dieser Vorstellung wurde ihm ganz schlecht. Außerdem taten ihm jetzt schon die Vorderläufe weh, weil er Puk teils getragen, teils hinter sich hergezerrt hatte – und sowieso hatte er in seinem ganzen Leben noch nie etwas gestohlen. Seine Mutter pflegte immer zu sagen, dass die Große Göttin Diebe und Räuber verabscheute. Ob sie Verständnis dafür gehabt hätte, dass ihr Sohn klaute, um das Leben seiner Schwester zu retten?

Sein Blick wanderte weiter und blieb an der Mündung des

Ganges hängen, durch den sie am Vortag hereingekommen waren. War es Paz ernst damit gewesen, dass er ohne sie fliehen sollte? Und konnte er das über sich bringen? Sie war seine große Schwester … Klar, manchmal ärgerte er sich über sie, und ja, sie kommandierte ihn herum. Aber außer ihr und Puk hatte er jetzt doch keine Familie mehr! Außerdem liebte er sie heiß und innig – auch wenn er das niemals zugegeben hätte.

Und vor allem hatte sie immer gute Ideen, ließ sich immer etwas einfallen, hatte immer einen Plan parat. Er dagegen war nur der faule, verwöhnte Sohn des Stammesführers, der am liebsten döste oder seinen Tagträumen nachhing. Er hatte sich immer vorgestellt, dass er ewig so weitermachen könnte, auch wenn er selbst eines Tages Stammesführer würde. Und er traute sich auch nicht zu, länger als zehn Minuten auf Puk aufzupassen.

Paz würde mich niemals im Stich lassen. Und darum lasse ich sie jetzt auch nicht im Stich! Er holte tief Luft und hielt nach etwas Ausschau, das er stehlen konnte.

Sollte er versuchen, jemandem die Gürteltasche abzuschneiden? Zu diesem Zweck hatte ihm Bulle ja Sternenklaue gelassen. Aber wie ging man dabei am besten vor? Und wie stellte man es an, dass man nicht erwischt wurde? *Die Budenbesitzer machen mit Dieben kurzen Prozess,* hörte er Mischi wieder sagen. Was mochte das bedeuten? Wurden Diebe in den Kerker geworfen? Oder mit glühenden Schürhaken gebrandmarkt? Oder hackte man ihnen etwa die Vorderpfoten ab? Er konnte es sich nicht leisten, noch mehr Körperteile zu verlieren!

Sollte er stattdessen lieber an einer Bude etwas mitgehen lassen? Dort drüben gab es heiße Pasteten, und direkt vor ihnen verkaufte jemand Met in Krügen. Aber konnte er schnell genug mit seiner Beute wegrennen? Nicht, wenn er Puk mitschleppen musste. Vielleicht hätte er ihn lieber heulen lassen sollen. Vielleicht wäre Bulle das Geschrei irgendwann so auf die Nerven gegangen, dass er sie alle drei hätte laufen lassen …

„Suppe!", meldete sich Puk. „Suppe! Suppe!"

„Hier gibt's keine Suppe", erwiderte Podkin knapp, dabei war gleich nebenan ein Suppenstand, von dem ein verführerischer Duft herüberzog.

„Suppe!", forderte Puk lauter. Bevor er losbrüllen konnte, trug Podkin ihn rasch aus der Duftfahne hinaus und hinter eine Säule, was Puk jedoch mitnichten zum Schweigen brachte. Er quengelte nur noch lauter. Was hätte ihre Mutter wohl jetzt gemacht? Dem Kleinen eins hinten drauf gegeben? Ihm eine faulige Möhre ins Mäulchen gestopft?

Nein … sie hätte ihn abgelenkt, damit er nicht mehr an seinen knurrenden Magen dachte und vergaß, warum er brüllte.

„Guck mal da drüben, Puk! Siehst du den Dicken dort, der Möhren verkauft?"

„Mö-an! Mö-an!"

„Äh, nein ... blödes Beispiel. Guck lieber in die andere Richtung. Dorthin, wo der Schlappohrige steht. Hat er nicht ganz schön lange Ohren? Und er verkauft ... oh nein!"

„Hoh-nich! Hoh-nich!"

Podkin war jetzt selbst zum Heulen. Er ließ sich auf den Boden sinken, hockte sich einfach mitten in den Abfall. Puks Geschrei mischte sich mit dem Marktlärm zu einem ohrenbetäubenden Getöse. Er würde es niemals schaffen, die beiden Schurken zufriedenzustellen! Er würde es niemals schaffen, zusammen mit seinem kleinen Bruder und seiner großen Schwester aus der Knochenwurzel-Siedlung zu fliehen – und selbst wenn, lauerten draußen überall die Gorm! Wozu dann das alles? Genauso gut konnte er hier im Dreck sitzen bleiben, bis er verhungert war und ...

Unter seinem Hinterteil war etwas Hartes, das ihn drückte. Es war rund und münzenförmig.

Mit angehaltenem Atem scharrte er den vergammelten Abfall weg, bis er das Harte zu fassen bekam. Auf den ersten Blick war es ein flacher Dreckklumpen, doch als Podkin mit seinem Umhang darüberrieb, schimmerte es unverkennbar metallisch.

„Uiii!", machte Puk erfreut. „Glänzig!"

Podkin polierte rasch weiter. Die Münze war ziemlich groß und bestand aus rötlichem Metall. Ein Kaninchenkopf war darin eingeprägt. Sie musste aus Kupfer sein oder aus Bronze. Weil sich Podkin bis dahin nie um Geld gekümmert hatte, wusste er nicht, was sie wert war. Bestimmt war sie nicht so kostbar wie eine Gold- oder Silbermünze, aber vielleicht gaben sich Quitte und Bulle ja trotzdem damit zufrieden?

„Ein guter Anfang, Puk", sagte er. „Aber das reicht noch nicht. Hilfst du mir weitersuchen?"

„Glänzig!", quiekte Puk und fing sofort voller Eifer an, den Abfall zu durchwühlen. Heruntergefallene Münzen aufzusammeln war auf jeden Fall ungefährlicher als Stehlen. Podkin ging auf Vorderpfoten und Knie und machte mit.

Nach einer Stunde hatten sie sich auf allen vieren über den halben Markt gearbeitet. Podkin hatte von einem Standbesitzer einen Tritt kassiert, als er zwischen zwei Buden herumgekrochen war, und etliche andere hatten ihn unter Beschimpfungen weggejagt. Leider hatten sie außer einem alten Apfelbutzen, an dem Puk jetzt herumlutschte, nichts Brauchbares mehr gefunden. So viel zum Thema „Wie werde ich schnell reich".

„Das ist gar nicht gut, Puk", sagte Podkin sorgenvoll.

Doch sein kleiner Bruder hörte gar nicht hin. Er spähte zur gegenüberliegenden Seite des Marktes hinüber und rief: „Knochen! Knochen!"

Puk ließ den angelutschten Apfelbutzen fallen und zeigte

aufgeregt auf vier struppige Kaninchen, die im Kreis auf dem Boden saßen und offenbar in ein Würfelspiel vertieft waren.

„Knochen!" Puk krabbelte los. Wahrscheinlich erinnerten ihn die Würfel an die Orakelknochen, mit denen er bei Brigid so oft gespielt hatte und die ihn unwiderstehlich angezogen hatten. So wie die fremden Kaninchen aussahen, waren sie bestimmt nicht erfreut, wenn ein Kleinkind ihr Spiel störte. Podkin sprang auf und lief hinter Puk her. Er konnte ihn gerade noch hochheben, bevor er mit der kleinen Patschpfote nach den Würfeln grapschte.

„He, du Lausebengel – pass gefälligst auf dein Brüderchen auf!" Ein schwarzweißer Rammler mit zerfetzten Ohren und braunen Zähnen wollte nach Puk schlagen, aber Podkin wich rasch zurück.

„Jou!", stimmte ihm ein magerer Brauner zu. „Oder will der Fratz etwa mitspielen?"

Drei der Spieler lachten schallend, nur der vierte machte ein unglückliches Gesicht. Er warf eine Pfote voll Kupfermünzen auf den Boden, und die drei anderen griffen gierig danach. Podkin machte große Augen. Eine ganze Pfote voll Münzen!

„Spielt ihr um Geld?", fragte er. Ihm fiel wieder ein, dass auch die Wachposten daheim in Gänseblum manchmal um Geld gewürfelt hatten, aber seine Mutter hatte ihm nie erlaubt, dabei zuzuschauen.

„Wir spielen Fuchspfote“, antwortete der Braune. „Der Gewinner kriegt alles. Willst du dein Glück mal versuchen?“

Fuchspfote … Das hatte er doch schon mal gehört! Hatte Brigid ihnen nicht erzählt, dass die Göttin Estra diesen Gormalurch, oder wie er hieß, bei diesem Spiel vernichtend geschlagen hatte? Ob das ein Zeichen war, dass er es auch mal versuchen sollte?

Dem Leichtsinnigen rinnen die Radieschen durch die Pfoten, hatte Tante Olwyn immer gesagt. Oder war es seine Mutter gewesen? Auf jeden Fall jemand, der wusste, wie es auf der Welt zuging. Es bedeutete, dass man sein Hab und Gut zusammenhalten sollte. Die Ausbeute ihres Vormittags bestand aus einer einzigen Münze, und schon erwog er, sie leichtfertig zu verschleudern …

Aber … Was hatte Brigid immer gesagt, wenn Puk ihre Orakelknochen umherwarf? *Der Kleine ist ein echtes Naturtalent,* hatte sie behauptet. Und jetzt brannte Puk darauf, mit den Würfeln zu spielen. *Wenn das nun tatsächlich ein Zeichen der Großen Göttin ist?* Podkin betrachtete die Münzenstapel, die vor den fremden Spielern lagen. *Klar ist es leichtsinnig,* dachte er, *aber hier ist niemand, der mich deswegen ausschimpfen kann. Warum es also nicht versuchen?*

Er hielt seine Münze in die Höhe. „Wir machen mit. Aber mein Bruder würfelt für mich.“

Das rief neuerliche, so laute Lachanfälle hervor, dass andere Marktbesucher sich neugierig nach ihnen umdrehten. Sie wollten wissen, was da so lustig war. Im Nu hatte sich eine kleine Gruppe Zuschauer um die Spieler und um Puk geschart, der immer noch nach den Würfeln grapschte.

„Also gut“, sagte der Braune. „Kennst du die Regeln?“ Als Podkin den Kopf schüttelte, lachten die anderen wieder. „Es gibt drei Knochenwürfel, klar? Jeder hat sechs Seiten, in die eine Eins, eine Zwei, eine Drei, eine Vier, eine Fünf und eine Fuchspfote geritzt sind. Man zählt die Zahlen, die man würfelt, zusammen und darf so lange weiterwürfeln, wie man will, aber sobald man eine Fuchspfote wirft, ist man draußen. Wer am Ende die höchste Zahl hat, kriegt den ganzen Zaster. Kapito?“

Podkin nickte. Das war leicht. Es kam vor allem darauf an, keine Fuchspfote zu würfeln.

„Weil du zum ersten Mal mitspielst, darfst du anfangen“, sagte der Schwarzweiße gönnerhaft.

„Los, Puk!“, sagte Podkin, und ein, zwei Zuschauer klatschten Beifall. Puk schnappte sich freudig die Würfel und kullerte sie durch die Gegend.

Erst als die Zuschauer jubelten, merkte Podkin, dass er die Augen zugekniffen hatte, und als er sie aufmachte, sah er, dass Puk zwei Dreien und eine Eins gewürfelt hatte.

„Anfängerglück“, sagte der Braune freundlich. „Wollt ihr noch mal?“

Sollten sie lieber aufhören und das Geld einstreichen? Podkin hatte keine Ahnung, ab wann sich ein Gewinn lohnte. Wenn sie noch mal würfelten, riskierten sie, alles wieder zu verlieren. Aber das war ja gerade der Witz beim Glücksspiel, oder?

„Würfle noch mal, Puk!"

Puk tat wie ihm geheißen. Eine schreckliche Sekunde lang war Podkin fest überzeugt, dass diesmal mindestens eine Fuchspfote dabei sein würde, aber die Zuschauer jubelten wieder. Zwei Zweien und eine Drei.

„Elf", sagte der Braune, der jetzt nicht mehr ganz so freundlich aussah. „Na los, mach weiter. Das ist noch keine hohe Zahl."

„Nein, hör lieber auf!", protestierte jemand aus der Menge, und andere Stimmen schlossen sich ihm an: „Elf ist doch toll!" – „Mehr schaffen die anderen sowieso nicht!" – „Sogar die Göttin Estra hat nur neun Punkte gewürfelt!"

Podkin wollte Puk wegziehen, doch der Kleine hatte sich die Würfel schon wieder geschnappt und warf sie jauchzend in die Luft.

„Puk!", rief Podkin erschrocken. Es kam ihm vor, als trudelten die Würfel unendlich langsam auf den schmutzigen Boden, wo sie nach dem Aufprall noch einmal hochhüpften und sich drehten. Bestimmt hatte Puk jetzt eine Fuchspfote geworfen! Aber nein – es waren drei Fünfen.

„Betrug!", rief der Schwarzweiße. „Das war geschummelt!"

Doch die Zuschauer pfiffen und buhten ihn aus. Er verschränkte die Vorderläufe vor der Brust und funkelte Podkin finster an.

„Na los, Kleiner, versuch's noch mal!", lockte der Braune säuselnd und sah dabei Puk an. „Das macht doch Spaß, oder?"

Podkin packte sein Brüderchen am Kragen, aber Puk machte gar keine Anstalten mehr, nach den Würfeln zu greifen, sondern hockte sich hin und blickte seine drei Gegner geradezu herausfordernd an.

Er ist der geborene Spieler, dachte Podkin staunend.

Als die drei merkten, dass Puk nicht weitermachen würde, versuchten sie selbst ihr Glück. Der Braune würfelte auf Anhieb eine Fuchspfote, der Schwarzweiße ebenso. Der dritte Mitspieler, dessen Fell besonders ungepflegt war, schaffte es immerhin bis zur zweiten Runde, warf dann aber gleich drei Fuchspfoten auf einmal. Auch der vierte Spieler würfelte eine Fuchspfote. Die Zuschauer waren vor Begeisterung außer Rand und Band. „Los, zahlt den Kindern den Gewinn aus!", forderten sie.

Mit grimmigen Mienen legte jeder der vier eine Kupfermünze in Podkins ausgestreckte Pfote. Die schweren Geldstücke klirrten verheißungsvoll aneinander. Wie durch ein

Wunder hatte Podkin aus einer einzigen Münze fünf gemacht, statt mit leeren Pfoten dazustehen.

„Glänzig!", freute sich Puk.

Zwischenspiel am Kamin

Der Barde unterbricht sich, zupft sich am Bart und lässt versonnen den Blick über seine Zuhörerschaft gleiten. „An dieser Stelle möchte ich ein paar warnende Worte zum Thema Glücksspiel sagen. Seid klug und lasst die Pfoten davon."

„Aber Podkin der Große hatte nichts dagegen", wendet das vorwitzige Kaninchenmädchen ein, „und er war ein Held."

„Und die Göttin Estra hat auch gewürfelt", setzt Huberts Sohn hinzu, „und sie war sogar … äh … eine Göttin."

„Mein Onkel Colm würfelt für sein Leben gern", fügt ein drittes Kind an. „Einmal hat er ein ganzes Fass Met gewonnen!"

„Mein Papa hat mal einen Speer *und* einen Schild *und*

einen Umhang *und* eine Hose gewonnen! Alles, was sein Gegner am Leib getragen hat!"

„Ja, ja." Der Barde hebt die Pfote und unterbricht das aufgeregte Geplapper. „Ich will gern glauben, dass eine Menge Spieler eine Menge Sachen gewonnen haben, die Göttin Estra inbegriffen. Aber gleichzeitig – und da bin ich ganz sicher – haben sie weit mehr *verloren*. Der kleine Puk hat auch nur gewonnen, weil er beim Spielen mit Knochen offenbar über gewisse Zauberkräfte verfügte, eine Gabe, die nicht viele Kaninchen besitzen. Für uns andere gilt, dass sich nur Dummköpfe dem Glücksspiel hingeben!"

Vom Eingang der Langhöhle, wo die Wachen in ein Würfelspiel vertieft sind, schallt ein Freudenruf herüber. Der Torwächter hat seinen Posten verlassen und gewinnt gerade.

„Wir haben's ja verstanden", lenkt Huberts Sohn ein. „Pfoten weg vom Glücksspiel. Aber was hat Podkin denn nun mit dem Geld gemacht?"

Der Barde schmunzelt und erzählt weiter.

Der Söldner

Wie schon gesagt – von Geld und dessen Wert verstand Podkin nicht viel. Als Sohn eines Stammesführers hatte er immer alles bekommen, was er sich wünschte, ohne etwas dafür bezahlen zu müssen. Man könnte ihn auch verwöhnt nennen. Doch jetzt, da er die Bitterkeit des wahren Lebens gekostet hatte, erschienen ihm die fünf Kupfermünzen wertvoller als alle Schätze dieser Welt.

Er verstaute sie in der Innentasche seines Umhangs, dann stand er auf, nahm Puk bei der Pfote und zog ihn hinter sich her durch das Markttreiben. Weil er fürchtete, seine zwielichtigen Mitspieler könnten versuchen, ihm den Gewinn wieder abzunehmen, huschte er so lange geduckt von einer Bude zur nächsten, bis er einigermaßen sicher war, sie abgehängt zu haben. Dann erst gestattete er sich nachzudenken.

Was sollte er nun mit dem Geld anfangen? Es Quitte und Bulle abliefern? Alles in ihm sträubte sich dagegen. Oder sollte er ihnen nur ein, zwei Münzen geben und den Rest heimlich behalten? Aber was, wenn sie ihn durchsuchten?

Oder sollte er lieber erst mal Puk und sich von einem Teil des Geldes etwas zu essen kaufen? Doch dann fiel ihm die arme Paz ein, die einsam und frierend im Käfig hockte. Nein, jetzt für Puk und sich Geld auszugeben, wäre selbstsüchtig gewesen.

Als er sich auf der Suche nach einer anderen Idee umschaute, stellte er fest, dass sie wieder vor der eingezäunten Arena gelandet waren. Die Söldner darin waren noch die gleichen Jammergestalten wie am Vortag, und der Rammler, der sie vermittelte, lungerte vor dem Tor herum und pries ihre Dienste mit ungefähr so viel Begeisterung an wie eine gelangweilte Schnecke.

„Söldner zu vermieten, Söldner zu vermieten", leierte er. „Die fähigsten Krieger in allen fünf Ländern. Die gefürchtetsten Kämpfer in ... ach, keine Ahnung. Jeder von ihnen hat schon mal irgendwann mit irgendwem gekämpft und seine Sache sehr gut gemacht. Jedenfalls besser als der Durchschnitt ..."

Auf diese Art macht man bestimmt keine Geschäfte, ging

es Podkin durch den Kopf. Wahrscheinlich war der Vermittler froh über jedes Angebot. Vielleicht konnte Podkin tatsächlich mit seinen fünf Kupfermünzen die ganze Truppe anheuern … Dann würde er zusammen mit ihnen die Höhle der Entführer stürmen, und sie würden Quitte und Bulle zu Pelzmänteln verarbeiten!

Ohne noch lange zu überlegen, ging er zu dem Vermittler hinüber, baute sich vor ihm auf und pikte ihn in den Bauch. „Verzeihung“, sagte er in seinem würdevollsten Tonfall, „ich möchte gern ein paar Söldner mieten. Seid Ihr da der richtige Ansprechpartner?“

Der Vermittler musterte ihn von oben bis unten und bekam einen Lachanfall. Er lachte, bis ihm Tränen übers Gesicht liefen.

„Das war ein echt guter Witz, Kleiner! Und jetzt geh wieder spielen. Ich habe zu tun.“

„Den Eindruck habe ich nicht“, gab Podkin schlagfertig zurück. „Ich möchte Eure Leute anheuern. Alle.“ Er holte die Münzen aus der Tasche und hielt sie dem Vermittler hin.

„Fünf Kupfermünzen? Du bietest mir fünf Kupfermünzen?!“, rief der Vermittler aus.

„Ganz recht“, sagte Podkin. „Heute ist offenbar Ihr Glückstag.“

„Ha!“ Beinahe hätte der Vermittler den nächsten Lachanfall bekommen, doch dann schlug seine Belustigung in Ärger um. „Fünf schäbige Kupfermünzen? Weißt du, was man dafür kriegt? Im besten Fall 'ne schimmlige halbe Möhre und 'nen Krug Abwaschwasser. Damit kannst du nicht mal *einen* meiner Leute bezahlen! Gütige Göttin, ich weiß nicht, ob ich lachen oder dir eins hinter die Ohren geben soll ... äh ... hinter *das* Ohr."

„Nicht einen?", wiederholte Podkin enttäuscht, und die glorreiche Vision, Paz zu befreien und Quitte und Bulle zur Strecke zu bringen, löste sich schlagartig in Luft auf.

„Na ja ...", der Vermittler kratzte sich den Kopf, „... meinetwegen kannst du *ihn* hier haben." Er zeigte auf den Grauen mit den weißlichen Augen, der in einer Ecke der Arena auf seiner zerschlissenen Decke hockte. „Einen Nachmittag lang."

Podkin glaubte, sich verhört zu haben. Einen Blinden – einen Nachmittag lang? Das hatte nichts mehr mit dem Begleiter und Beschützer zu tun, den zu suchen ihnen Brigid geraten hatte. Ob es ihm mithilfe des Söldners wenigstens gelingen würde, Paz zu befreien, damit sie aus der Knochenwurzel-Siedlung fliehen konnten? Wahrscheinlich auch das nicht, aber was hatte er schon zu verlieren?

„Ich nehme ihn", sagte er und überreichte dem Vermittler das Geld.

„Crom", sagte der Graue. „Ich heiße Crom."

„Und bist du schon lange Krieger?" Sie standen draußen

vor der Arena. Podkin musste den Kopf in den Nacken legen, um seinem neuen Mitstreiter ins Gesicht sehen zu können, und Puk versuchte, an seinem Bein hochzuklettern, doch Crom richtete die blicklosen Augen über ihre Köpfe hinweg geradeaus.

„Schon sehr lange."

Sein Fell war von einem dichten Netz alter Narben durchzogen, sein Harnisch zerschrammt. Podkin nahm ihm ab, dass er Erfahrung hatte, auch wenn er nicht begriff, wie man kämpfen konnte, ohne seine Gegner zu sehen. „Aber … was ist mit deinen Augen?"

„Das ist erst kürzlich passiert", gab Crom zurück. „Ich kann immer noch kämpfen. Nur … anders."

„Aha", sagte Podkin wenig überzeugt, was den Grauen jedoch nicht zu stören schien. Crom räusperte sich. „Darf ich dich auch etwas fragen?"

„Ja bitte."

„Wozu brauchst du überhaupt einen Söldner? An deiner Stimme höre ich, dass du noch ein Kind bist. Eigentlich hast du hier gar nichts zu suchen."

„Zwei Verbrecher haben meine Schwester entführt", antwortete Podkin. „Sie haben sie in einen Käfig gesperrt und mich zum Klauen und Betteln geschickt. Nachher soll ich ihnen die Beute bringen. Du sollst meine Schwester befreien, damit wir von hier fliehen können."

„Sprichst du etwa von Bulle und Quitte?"

„Ja! Kennst du die beiden?"

„Ich habe schon von ihnen gehört", sagte Crom und setzte achselzuckend hinzu: „Ein Blinder hört so manches."

„Glaubst du, du kannst es mit ihnen aufnehmen?", fragte Podkin. „Ich meine … Mister Bulle ist ganz schön groß und schwer."

„Ich habe ja das hier." Crom tätschelte das Schwert an seiner Hüfte, dessen Klinge aussah, als sei sie scharf und oft benutzt. Es war eine viel eindrucksvollere Waffe als Sternenklaue, aber zaubermächtig wirkte sie nicht.

„Dann wollen wir mal." Podkin pflückte Puk von Croms Bein ab. „Sonst ist der Nachmittag gleich um!"

Nach einigem Suchen fanden sie den Gang wieder, der zur Höhle der Schurken führte, und liefen hintereinander durch die feuchtkalte, muffige Dunkelheit. Crom tastete sich voran, indem er die ausgestreckten Pfoten über die Wände gleiten ließ.

Auf halber Strecke fing Puk an zu zappeln und vor Hunger zu quengeln, sodass Podkin Mühe hatte, ihn zu bändigen.

„Gib her", sagte Crom knapp und nahm den Kleinen Huckepack. Puk hielt sich an seinen breiten Schultern fest, schmiegte die Wange an das vernarbte Fell und war nach einer Weile eingedöst. Dass er seinen Bruder nicht mehr selbst schleppen musste, war schon allein fünf Kupfermünzen wert, dachte Podkin.

Doch da blieb Crom plötzlich stehen und drehte sich mit der Pfote am Schwertknauf um.

„Was ist denn?“, fragte Podkin.

„Da kommt jemand!“, zischelte der Söldner.

Podkin spähte mit zusammengekniffenen Augen in die Richtung, aus der sie kamen. Tatsächlich … eine Gestalt näherte sich mit großen Sprüngen. Erst als sie näher heran war, erkannte Podkin seine Mitgefangene, das Zwergkaninchen.

„Hey, Popkin!“, keuchte sie, als sie die kleine Truppe eingeholt hatte. „Was … was ist hier los? Wen hast du da mitgebracht?“

„Ich heiße *Pod*kin“, berichtigte Podkin sie. „Und das hier ist Crom. Ich habe ihn als Söldner angeheuert, damit er Bulle und Quitte außer Gefecht setzt.“

„Aber … aber er ist doch … äh …“

„Dass er blind ist, spielt keine Rolle“, fiel ihr Podkin ins Wort. „Er kann trotzdem kämpfen, stimmt's, Crom?“ Im Dunkeln über ihm ertönte ein Brummen, das, wie Podkin fand, zustimmend klang. Aber das war im Grunde auch egal. Podkin hatte sich bereits überlegt, wie er Crom am wirkungsvollsten einsetzen konnte.

„Ich weiß ja nicht …“, sagte Mischi zweifelnd. „Wenn es

schiefgeht, rasten Quitte und Bulle bestimmt aus, und mein Bruder …"

„Es geht aber nicht schief – versprochen!", gab Podkin zurück. „Und wir befreien nicht nur meine Schwester, sondern auch deinen Bruder, das ist doch klar."

„Wenn du das schaffst", sagte Mischi, „stehe ich für immer in deiner Schuld."

Den Rest des Weges über richtete Podkin ein stummes Bittgebet an die Große Göttin, dass sein Plan aufgehen würde. Zum zweiten Mal an diesem Tag würde er alles aufs Spiel setzen. Entweder hatte die Göttin selbst ihm den Plan eingegeben und wachte jetzt über ihn, oder aber die Anstrengungen der letzten Tage hatten ihn um den Verstand gebracht. Er hoffte auf Ersteres.

Der unterirdische Gang wurde immer dunkler und feuchter. Kurz bevor der Gestank nach Müll und Moder unerträglich wurde, erreichten sie den mit einer Decke verhängten Eingang zu Quittes und Bulles Höhle.

Einen Augenblick lang standen die drei (beziehungsweise vier, wenn man Puk mitzählt) davor und spitzten nur die Ohren. Hinter der Decke hörte man jemanden schnarchen und ein Feuer knistern. Ab und zu raschelte auch etwas, und Podkin glaubte, ein, zwei leise Seufzer zu vernehmen, die von Paz stammen mochten.

Als Crom schließlich Anstalten machte, die Decke zurückzuschlagen, hielt Podkin ihn zurück. Auf dem breiten Vorderlauf des hochgewachsenen Söldners wirkte seine kleine Pfote geradezu winzig.

„Warte!“, zischelte er. „Nimm diese Waffe hier!“

Als er nach Sternenklaue tastete, verwickelte er sich in seinem Umhang, aber schließlich bekam er den Knauf zu fassen und zog den Dolch aus dem Gurt. Wieder fühlte sich die Bronze warm an, und auf einmal widerstrebte es ihm, die wertvolle Zauberwaffe einem Fremden zu überlassen. Sternenklaue gehörte *ihm!* Ihm ganz allein. Was sollte er machen, wenn Crom ihm den Dolch nicht zurückgab?

Keine Sorge, Podkin, du kannst ihm vertrauen. Er hörte ganz deutlich, wie ihm sein Vater das ins Ohr raunte. Podkin schluckte, gab sich einen Ruck und drückte Crom Sternenklaue in die schwielige Pfote.

Der Söldner drehte die Waffe hin und her und befühlte sie. In seiner großen Pranke wirkte der Dolch klein und mickrig. Crom ging in die Knie und flüsterte Podkin zu: „Ich habe doch selber ein Schwert, Kleiner. Was soll ich mit dem Ding?“

„Weiß ich“, gab Podkin im Flüsterton zurück. „Ich möchte trotzdem, dass du meinen Dolch benutzt. Er ist etwas Besonderes – und außerdem bin ich dein Arbeitgeber und habe hier das Sagen, oder? Jedenfalls heute Nachmittag.“

Crom zuckte die Achseln. Er ließ Puk von seinem Rücken

gleiten, reichte ihn an Podkin weiter, stand auf und schlug die Decke beiseite.

Man vernahm einen heiseren Ausruf, und als Podkin und Mischi hinter Crom in die Höhle traten, sahen sie Quitte mit vor Überraschung offenem Maul vor den Käfigen stehen. Er hielt seinen Stock in der Pfote und wollte Paz offenbar gerade durch das Gitter hindurch ein paar Schläge verpassen.

„Bei Herions haarigem Hintern!", fluchte er. „Was soll d..."

Doch er brachte die Frage nicht zu Ende, denn schon stand Crom vor ihm und ließ Sternenklaues Knauf auf seinen Schädel niedersausen. Es schepperte dumpf, und Quitte brach bewusstlos zusammen.

„Podkin!" Paz sprang auf und packte die Gitterstäbe. Podkin konnte sie gerade noch angrinsen, da ertönte aus dem hinteren Teil der Höhle Gebrüll. Bulle hatte geschlafen, wobei er eine halb leere Flasche Met umklammerte. Jetzt rappelte er sich hoch, starrte Crom ungläubig an und brüllte aus voller Kehle: „Du?! Du bist doch der blinde Söldner, den keiner mieten will! Was in Herions Namen hast du hier zu suchen? Und warum hast du meinem Kumpel eins über die Rübe gehauen?"

„Ich handle im Auftrag meines Kunden", gab Crom gelassen zurück. „Und wenn du vernünftig bist, lässt du auf der Stelle deine kleinen Gefangenen frei. Und zwar alle."

„Im Auftrag deines *Kunden?*“ Als Bulles Blick auf Podkin fiel, machte er so ein verdutztes Gesicht, dass Podkin schon glaubte, er werde nachgeben. Doch stattdessen griff Bulle nach seiner Keule und richtete sich hoch auf.

„Ich mach dich kalt, Blinder! Und danach nehm ich mir deinen ‚Kunden‘ vor, zieh ihm das Fell ab und näh mir 'ne Pelzkappe draus!“

Podkin schluckte wieder. Auf dem Weg hierher war ihm Crom unbesiegbar groß und stark vorgekommen, aber verglichen mit Bulle sah der Söldner plötzlich gar nicht mehr so imposant aus.

„Spinnst du, Pod?“, hörte er Paz zischeln.

„Ich glaube, ich ende gleich als Kopfbedeckung“, gab er kleinlaut zurück.

Jetzt stapfte der immer noch brüllende Bulle auf Crom zu und holte mit seiner Stachelkeule nach dem Kopf des Söldners aus. Crom stand einfach nur da und rührte sich nicht vom Fleck. Podkin sah schon vor sich, wie ihn die Keule traf und er zusammensackte, doch da duckte sich Crom in letzter Sekunde und parierte den Hieb mit Sternenklaue. Weil Bulles Keule aus Holz bestand, durchtrennte der zaubermächtige Dolch sie so glatt wie eine Riesengurke.

Die obere Hälfte flog durch die Luft und landete oben auf dem Käfig, in dem Paz hockte. Bulle verlor das Gleichgewicht, und auf seinem Gesicht malte sich fassungslose Bestürzung.

Als er sich wieder gefangen hatte, betrachtete er ungläubig die untere Hälfte seiner Waffe, die er noch in der Pfote hatte. Das nutzte Crom aus und verpasste ihm einen schwungvollen Tritt vor die Brust. Der schwere Rammler krachte so heftig gegen die Lehmwand der Höhle, dass er ein Loch hinterließ und die halbe Decke einstürzte und ihn unter sich begrub.

Nach wenigen Sekunden war der Kampf vorbei.

Erst herrschte verblüffte Stille, dann brachen Podkin, Paz und Mischi – und sogar der eingesperrte Maschi – in lauten Jubel aus. Podkin nahm Sternenklaue von Crom entgegen und schnitt beide Käfige auf. Paz kam heraus und umarmte ihn mit Tränen in den Augen, und auch Maschi umarmte Podkin stürmisch. Vor lauter Überschwang hätte Podkin beinahe auch noch Crom umarmt, doch der Krieger stand so ernst und still da, dass er es bleiben ließ.

„Ich glaub's nicht!", rief Maschi. „Wir sind frei!"

„Damit stehe ich wie versprochen für immer in deiner Schuld." Mischi verbeugte sich so tief vor Podkin, dass ihre kurzen Ohren den Boden streiften. Als Maschi es ihr nachtat, fiel Podkin auf, dass die beiden Geschwister einander zum Verwechseln ähnlich sahen. Der einzige Unterschied war, dass Mischis Ohrspitzen schwarz waren.

„Ich kann doch nichts dafür", wehrte er ab. „Ich meine, ich hab ja gar nichts gemacht. Bedankt euch lieber bei Crom."

Daraufhin verbeugten sich Mischi und Maschi vor dem

Söldner, der aber auch darauf nicht reagierte, sondern sich wieder auf ein Knie niederließ, um mit Podkin auf gleicher Höhe zu sein.

„Sag mal, dein Dolch … der besitzt nicht zufällig Zauberkräfte?“, fragte er leise.

„Zauberkräfte?“, wiederholte Podkin scheinbar erstaunt und wurde abermals von Zweifeln gepackt. War es womöglich doch ein Fehler gewesen, die kostbare Waffe jemandem anzuvertrauen, der fünfmal so groß war wie er selbst und der zwei brutale Verbrecher schneller überwältigt hatte, als es dauerte, eine Möhre zu schälen? „Äh … wie kommst du denn darauf?“

„Die Klinge hat die Keule so sauber durchgehackt, als wäre das Holz nur Luft. So etwas habe ich erst ein einziges Mal erlebt – und zwar bei einer Waffe, die zu den Zwölf Gaben der Großen Göttin gehörte.“ Crom legte Podkin die Pfote auf die Schulter. Er hielt ihn nicht richtig fest, aber Podkin war nur allzu bewusst, dass ihn der Söldner wie eine reife Beere zerquetschen konnte, wenn er zudrückte. „Erzähl mir, wie du an den Dolch gekommen bist, Kleiner … *und sag die Wahrheit!*“

Podkin blickte in die weißlichen Augen und überlegte fieberhaft. Er musste sich eine überzeugende Geschichte einfallen lassen. Doch dann überlegte er es sich plötzlich anders. Er hatte sein Glück heute oft genug auf die Probe gestellt. Er würde die Wahrheit sagen – und wenn er damit einen Tritt riskierte, der ihn wie Bulle halb durch die Wand beförderte.

„Der Dolch hat meinem Vater gehört. Er ist … er *war* … der Anführer unseres Stammes. Wir kommen aus Gänseblum, das liegt westlich von hier. Und was die Zauberkräfte besitzt, irrst du dich nicht. Der Dolch durchtrennt alles und jedes. Außer Eisen."

„Und dein Vater? Ist er …?"

„Ja, er ist tot." Podkin spürte, wie ihm heiße Tränen über die Wangen liefen und in seinem Fell versickerten. „Die Gorm haben ihn umgebracht, jedenfalls nehmen wir das an. Er hat mir den Dolch vermacht, und jetzt haben es die Gorm auf mich abgesehen."

Einen Augenblick lang war es wieder ganz still. Podkin beobachtete Crom. Was mochte in ihm vorgehen? Würde er Podkin und seine Geschwister jetzt selbst umbringen und Sternenklaue an sich nehmen? Oder würde er sie den Gorm ausliefern und eine saftige Belohnung kassieren? Schließlich war er ein Söldner und verdingte sich für Geld.

Doch als Crom wieder etwas sagte, war sein Ton sanfter, fast freundlich. Gar nicht mehr so schroff wie vorher.

„Ich habe deinen Vater gekannt, Podkin, sogar sehr gut. Wir haben oft Seite an Seite gekämpft, bis er irgendwann Anführer eures Stammes wurde. Er war ein gutes Kaninchen und ein guter Freund."

„War … war er das?"

„Ja. Und er hätte nicht gewollt, dass seine Kinder einmal

um ihr Leben fürchten müssen und an einem Ort wie diesem landen."

Immer noch kniend, zog Crom seine eigene Waffe. Podkin bekam wieder einen Schreck. Was hatte der blinde Söldner vor? Quitte und Bulle waren doch unschädlich gemacht! Doch Crom drehte die Waffe um, hielt Podkin den Knauf hin und neigte den Kopf.

„Ich stehe dir zu Diensten, Podkin, Lopkins Sohn. Mein Leben und mein Schwert gehören dir."

Podkin wusste nicht recht, wie er sich verhalten sollte. Schließlich berührte er den Schwertknauf und nuschelte verlegen ein Dankeschön. Crom nickte, stand wieder auf und steckte die Waffe weg. Er sah jetzt ein ganz klein bisschen weniger grimmig aus als vorher.

Podkin lächelte ihn an, auch wenn ihn Crom natürlich nicht sehen konnte. „Heißt das etwa, ich bekomme mein Geld zurück?"

Zur allgemeinen Überraschung warf Crom den Kopf in den Nacken und lachte schallend. „Das heißt, dass ich meine Dienste nicht länger verkaufen muss, der Großen Göttin sei Dank."

„Das ist ja alles gut und schön", kam es von Maschi, der immer noch seine Schwester umarmte, „aber können wir jetzt bitte gehen? Wir möchten diesen stinkenden Bau endlich hinter uns lassen und nie mehr zurückkehren!"

„Damit seid ihr nicht allein!“, gab Paz zurück. „Keine Ahnung, weshalb uns Brigid hierhergeschickt hat. Ich hatte sie für weise gehalten, aber …“

Podkin spähte zu Croms jetzt wieder ernstem, unbewegtem Gesicht empor. „Vielleicht war es ja trotz allem weise, uns hierherzuschicken“, entgegnete er. *Vielleicht hat ja alles, was heute passiert ist, einen tieferen Sinn.*

In diesem Augenblick gab der verschüttete Bulle ein lautes Ächzen von sich. Dabei erbebte sein dicker Bauch, und noch mehr Lehmbrocken hagelten auf ihn herab. Die befreiten Gefangenen nickten einander zu. Zeit zum Aufbruch!

Doch als sie die Höhle verlassen wollten, hallte das Tuten eines Horns den Gang entlang – einmal, zweimal, dreimal.

„Was war das?“, fragte Podkin.

„Der Torwächter schlägt Alarm“, antwortete Crom. „Jemand hat sich gewaltsam Zutritt zur Siedlung verschafft.“

„Wer kann das sein?“ Doch Podkin hatte die Frage kaum ausgesprochen, als er die Antwort auch schon ahnte – und so verstört, wie die anderen aussahen, ging es ihnen genauso.

„Wir müssen hier verschwinden“, sagte Paz. „Sofort!“

Der Brand

Als Crom die Decke vor dem Eingang zurückschlug, hörten sie das Horn wieder blasen – und bildete sich Podkin nur ein, dass er metallene Panzer klirren hörte? Sein Herz hämmerte gegen seinen schmalen Brustkorb.

„Halt!", rief Mischi da. „Unsere Waffen!"

Die beiden Zwergkaninchen machten kehrt, liefen zu einer zerschrammten Truhe, rissen den Deckel auf und wühlten den Inhalt durch.

Sie warfen Kupfermünzen, abgeschnittene Geldbeutel und leere Metkrüge hinter sich, bis sie gefunden hatten, was sie suchten. Ihre „Waffen" entpuppten sich als seltsames Sammelsurium. Beide legten sich Gurte aus weichem Leder um die Schultern, an denen unzählige, mit Knöpfen geschlossene

Beutel hingen. Maschi ergriff außerdem ein langes hölzernes Rohr und Mischi eine Schleuder. Sie ließ das Gummiband prüfend schnalzen und grinste zufrieden.

„Da sind noch mehr Waffen drin", verkündete sie dann. „Sucht euch doch auch was aus."

Podkin schüttelte den Kopf und schwenkte Sternenklaue, aber Paz kam der Aufforderung nach, nahm ein kurzes Bronzeschwert aus der Truhe und ließ es ein paarmal durch die Luft sausen.

„Was willst du denn damit?", fragte Podkin erstaunt. „Du kannst doch gar nicht mit einer Waffe umgehen."

„Und ob ich das kann!"

„Hä? Mutter hat dir den Umgang mit Waffen immer verboten. Sie wollte, dass du Weben und Sticken lernst!"

„Ich habe unseren Waffenmeister Melfry überredet, heimlich mit mir zu üben", gab Paz zurück. „Und zwar jedes Mal, wenn *du* den Unterricht geschwänzt und lieber irgendwo ein Schläfchen gehalten hast."

Geröstete Rüben!, dachte Podkin verblüfft. *Da sind bestimmt eine Menge Übungsstunden zusammengekommen!* Er überwand sich, seiner Schwester anerkennend zuzunicken, als sie nun Crom aus der Höhle folgte. Zum Zanken war jetzt keine Zeit.

Bevor er selbst hinausging, warf er doch noch einen Blick in die Truhe und entdeckte Paz' Armband und seine Gürtelschnalle. Diese beiden Gegenstände würde er Quitte und Bulle natürlich nicht überlassen! Er steckte beides ein, dann lief er hinter den anderen her.

Crom nahm Puk wieder Huckepack und tastete sich an den von Moder schmierigen Wänden entlang. Alle hatten ihre Waffen gezückt. „Kommt man in diese Richtung irgendwohin?", fragte Crom. „Zu einem Ausgang? Oder einem Versteck?" Er hörte sich jetzt wie ein General an, der seine Truppen in die Schlacht führt.

Mischi und Maschi schüttelten die Köpfe, und Maschi antwortete: „Dieses Ende des Ganges ist eine Sackgasse. Da gibt's nur Müll und Pfützen."

„Dann gehen wir lieber zum Markt zurück. Lauft hinter mir und bleibt immer zusammen", kommandierte Crom. Der Gedanke an den Markt behagte zwar keinem von ihnen, aber sie gehorchten.

Der Weg dorthin kam ihnen länger und unheimlicher vor denn je, und unterwegs drangen Geräusche an ihr Ohr, die nichts mit dem geschäftigen Markttreiben zu tun hatten – abgerissene Rufe und Angstschreie. Podkin graute es. Was würde sie in der großen Höhle erwarten? Er sah wieder vor sich, wie die Gorm in Gänseblum dem geborstenen Fliesenboden entstiegen waren und Tod und Zerstörung verbreitet hatten. Das noch einmal zu erleben ... jede Faser seines Körpers drängte ihn, kehrtzumachen und wegzurennen.

Der Dolch in seiner Pfote kribbelte und bebte, als spürte Sternenklaue seine Angst und wäre zornig darüber. Konnte die zaubermächtige Waffe etwa Gedanken lesen? Oder wollte Sternenklaue ihm Mut machen?

Zorn war etwas Gutes. Zorn machte stark. Der Zorn verlieh Podkin die Kraft, weiter in Richtung Markt zu laufen, und wenn er dann dort wäre ... nun, womöglich hätte er nicht den Mut, mit den Gorm zu kämpfen, aber dafür vielleicht die Kraft, ihnen abermals zu entkommen. In den Wald zu fliehen, wo er immerhin eine Chance hatte, am Leben zu bleiben.

„Ab jetzt müsst ihr ganz still sein. Keinen Mucks mehr!" Croms Befehl riss Podkin aus seinen Tagträumen, und er sah, dass sie schon fast am Ziel waren. Mischi sprang auf den Rücken ihres Bruders und löschte eine Kerze an der Decke, und sie schlichen geduckt an der Wand entlang weiter, bis sie in die Markthöhle spähen konnten.

Hier herrschte Tumult – aber es war nicht mehr das muntere Gedränge von Käufern und Verkäufern. Die Stände vor ihnen waren umgeworfen, die Waren zertrampelt, Werbetafeln und Wimpel lagen im Dreck. Alle Kaninchen flohen ans andere Ende der Höhle und nahmen dabei keine Rücksicht auf das, was ihnen im Weg stand. Kopflose Panik war ausgebrochen – und Podkin sah auch, warum.

Der Tunnel, der zum Ausgang der Siedlung führte, wurde von einer Schar untersetzter, gepanzerter Gestalten versperrt –

Gorm. Podkins schlimmste Befürchtungen beim Alarmsignal des Horns hatten sich erfüllt.

Es waren mindestens zwanzig Krieger, die sich in Schlachtformation zwischen den steinernen Säulen und krummen Wurzeln aufgebaut hatten, und hinter ihnen drängten immer noch mehr heran. Ihre Eisenpanzer schimmerten im Schein ihrer Fackeln, und sie schauten sich mit roten Augen in dem Chaos um.

„Warum stehen sie bloß da?", fragte Paz leise. „Warum verfolgen sie die Kaninchen aus Knochenwurzel nicht?"

Auch Podkin wunderte sich. Warum griffen die Gorm nicht an oder verwüsteten den hinteren Teil des Marktes auch noch? Worauf warteten sie?

Dann entstand Bewegung in den Reihen der gepanzerten Krieger, und sie bildeten eine Gasse, um jemanden durchzulassen. Jemanden, der noch furchterregender aussah als alle anderen, und aus dessen Helm zwei schiefe Eisenhörner ragten.

Scramashank.

Er hatte sie gefunden.

Oder doch nicht? Wusste er, dass sie sich nur ein paar Meter von ihm entfernt an die Wand drückten? Oder waren die Gorm nur zufällig an der Siedlung vorbeigekommen? Könnten sich die Kinder an ihnen vorbeischleichen und fliehen?

Das alles schoss Podkin im Bruchteil einer Sekunde durch

den Kopf. Auf einmal fühlte er sich überhaupt nicht mehr stark und mutig, der bebende Dolch in seiner Pfote flößte ihm keine Kraft mehr ein. Mit vor Panik verdrehten Augen blickte er zu Crom empor und wartete auf ein Zeichen, dass sie um ihr Leben laufen sollten.

„Noch nicht!“, raunte der Krieger, dem die Angst seiner Begleiter nicht entging. „Wartet noch.“

Podkin griff nach der Pfote seiner Schwester und drückte sie fest, dann sah er wieder zu den Gorm und ihrem Anführer – dem Mörder ihres Vaters – hinüber. Scramashank ließ nicht erkennen, dass er sie entdeckt hatte. Er hatte sich zu seinen Leuten umgedreht, die jetzt etwas hereinschleiften.

War es ein Kaninchen? Ja. Ein halb totes, übel zugerichtetes Kaninchen. An dem langen Bart und dem geflickten Lederharnisch erkannte Podkin den Torwächter, der sie hereingelassen hatte. Jetzt war sein Gesicht geschwollen und blutverschmiert. Offenbar hatte er seinen Posten erbittert verteidigt, auch wenn es nichts genützt hatte.

„Stellt ihn hin.“ Schon beim Klang von Scramashanks Stimme hätte Podkin am liebsten losgeheult. Ach, wäre er doch nur ein Held, so wie die Krieger in den alten Geschichten! Dann würde er jetzt losstürmen und die Gorm niedermetzeln, statt sich feige zu ducken und fast in die Hose zu machen.

„Hörst du mich?“ Zwei Gorm hatten den Gefangenen auf die Beine gestellt, und Scramashank hatte sich dicht vor ihm aufgebaut. Der zerschundene Torwächter gab Laute von sich, die halb Stöhnen, halb Wimmern waren.

„Ihr habt wohl gedacht, ihr könntet euch in eurem stinkenden Loch vor uns verstecken, was?", höhnte der Anführer der Gorm.

Der Torwächter stöhnte nur.

„Dass wir euch aufstöbern, war natürlich nur eine Frage der Zeit", sprach Scramashank weiter. „Niemand in ganz Lanica kann sich vor uns verstecken. Vor den Gorm gibt es kein Entrinnen!"

Seine Krieger jubelten ihm zu und schlugen mit den Schwertern gegen ihre Panzer, sodass ein scheußliches Gescheppper die Markthöhle erfüllte. Als es verklungen war, packte Scramashank den Torwächter am Bart und riss seinen Kopf in die Höhe. „Genug geredet. Weil ich heute zufällig gute Laune habe, will ich dir noch eine Chance geben, dein elendes Leben zu retten."

Nach einer Kunstpause fuhr er fort: „Ich bin nämlich auf der Suche nach drei Kindern. Einem Jungen, einem Mädchen und einem Baby."

Podkin und Paz klammerten sich aneinander und wagten kaum zu atmen.

„Diese Kinder tragen etwas bei sich, das ich gern besitzen würde – einen Dolch oder ein Schwert. Näheres weiß ich nicht, aber es handelt sich *auf keinen Fall* um ein silbernes Breitschwert." Scramashank knurrte wütend. Offenbar hatte er Lopkins List seinerzeit nicht sofort durchschaut. „Wenn die drei Kinder Einlass in eure stinkende Flohhöhle begehrt haben, musst du sie gesehen haben."

Was würde der Torwächter erwidern? Würde er sie verraten? *Bitte, bitte, bitte,* dachte Podkin inbrünstig, auch wenn er nicht recht wusste, an wen sich sein Stoßgebet richtete.

Der Gefangene hob mit letzter Kraft den Kopf noch ein Stück höher und öffnete das Maul. Scramashank beugte sich gespannt vor.

Da spuckte ihm der tapfere Torwächter mitten ins Gesicht.

Es wurde totenstill. Scramashank glich einem eisernen Standbild. Der Spuckebatzen rann träge über das Maskenteil seines Helms. Dann schoss seine gepanzerte Pfote so blitzschnell vor, dass sogar Podkin einen Schreck bekam, und er versetzte dem Gefangenen einen gewaltigen Schlag.

Der Torwächter flog wie eine Lumpenpuppe durch die Luft und krachte in einen Kerzenstand. Funken und geschmolzenes Wachs flogen umher, und die niedergetrampelten Stände und trockenen Wurzeln in der Nähe fingen Feuer. Weil niemand dem Brand Einhalt gebot, breitete er sich rasch aus.

War das jetzt die Gelegenheit zur Flucht, weil alle abgelenkt waren? Podkin blickte fragend zu Crom hoch, doch dann sah er aus dem Augenwinkel, dass die Bewohner der Siedlung ihrerseits das Verhör des Torwächters genutzt und zu den Waffen gegriffen hatten. Sie hatten sich unauffällig zwischen den zerstörten Buden verteilt und ließen sich von den emporzüngelnden Flammen nicht daran hindern, jetzt einen Hagel aus Speeren, Pfeilen und Steinen auf die Eindringlinge herabprasseln zu lassen.

Die Schlacht um Knochenwurzel hatte begonnen.

Podkin war wie gelähmt. Von dem Überfall auf Gänseblum abgesehen, war er noch nie Zeuge echter Gewalt geworden – und das, was er vor seiner Flucht aus dem elterlichen Bau noch mitbekommen hatte, war nicht mit dem zu vergleichen, was sich hier abspielte. Überall pfiffen Geschosse durch die Luft, wobei die meisten von den Panzern der Gorm abprallten. Die Gorm erholten sich schnell von ihrer Überraschung und schleuderten lange Lanzen mit Eisenspitzen auf die Siedler. Und ringsum loderte das Feuer immer höher und erfüllte die Höhle mit beißendem Rauch.

Doch Crom wartete immer noch ab.

Erst als das Feuer fast bis zu ihnen vorgedrungen war, setzte er sich in Bewegung. Der Rauch war inzwischen so dicht, dass Podkin den Weg zum Ausgang nicht mehr sehen konnte, andererseits war er sicher, dass die Gorm auch *ihn* nicht mehr sehen konnten.

„Jetzt!", rief Crom. „Lauft, so schnell ihr könnt!"

Sie rannten los. Der Brand hatte sich schon fast über die ganze Markthöhle ausgebreitet, immer wieder schossen Stichflammen an die von Wurzeln durchzogene Decke. In den schwarzen Rauch mischte sich Funkenregen, und brennende Wimpelgirlanden flatterten hierhin und dorthin wie riesige, sich windende Feuerschlangen. Die Siedler liefen hakenschlagend zwischen den brennenden Buden hindurch, schossen ihre Pfeile ab und sprangen rasch wieder davon, ehe die Gorm auf sie zielen konnten.

„Ich kenne einen Hinterausgang", rief Crom über die Schulter. „Aber ihr müsst mich hinführen."

Als er die Pfote ausstreckte, griff Podkin bereitwillig danach, doch der Krieger hob ihn hoch und setzte ihn neben den wimmernden, zitternden Puk auf seinen Rücken.

„Sei meine Augen, Podkin. Wir müssen zum Söldnerstand. Schnell!"

Podkin hatte eine ungefähre Vorstellung von der Richtung, konnte aber vor lauter Rauch kaum etwas erkennen. Er legte tröstend den Vorderlauf um Puk und rief Crom ins Ohr: „Los! Erst mal immer an der Wand lang!"

Podkin lenkte den hochgewachsenen Krieger wie ein Reiter eine Riesenratte, und sie liefen außen um den Markt herum. Leider kamen sie nicht besonders schnell voran, weil sie immer wieder brennenden Planen ausweichen und über brennende Trümmer steigen mussten. Als Podkin sich mit zusammengekniffenen Augen umdrehte, stellte er fest, dass ihnen mehrere Gorm folgten. Flammen züngelten an ihren Panzern hoch, aber sie schienen die Hitze nicht zu spüren. *Hoffentlich verkochen sie!*, dachte Podkin grimmig.

„Wir sind gleich da!“, rief er Crom zu. Zwischen den Trümmern auf dem Boden lagen reglose Gestalten. War das etwa einer der Würfelspieler vom Vormittag, der unter einer eingestürzten Bude halb begraben war? Und dort drüben – war das die Rote-Bete-Verkäuferin, die ihnen gezeigt hatte, wo man Söldner mieten konnte? Podkin hätte gern etwas für die beiden getan, aber sie konnten jetzt nicht anhalten. In dieser Situation galt nur noch: Rette sich, wer kann!

„Da vorn ist der Söldnerstand“, rief Paz. „Ich sehe ihn schon!“

Tatsächlich – hinter einer Wand aus brodelndem schwarzem Rauch lag die eingezäunte Arena, in der Podkin Crom zum ersten Mal erblickt und sich gefragt hatte, ob ein Blinder überhaupt kämpfen konnte. Und jetzt hing sein Leben von ihm ab.

„Rein mit euch!“, kommandierte Crom. „Und dann zu der Säule am anderen Ende!“

Sie rannten durch die nun leere Arena. Die zerschlissene Decke, auf der Crom Göttin-weiß-wie-lange gehockt hatte, lag noch auf dem Boden. Hinter der Säule öffnete sich ein verborgener Gang. Er war gerade hoch und breit genug für ein kleineres Kaninchen.

Paz wollte eben hineinschlüpfen, als ein Wurfgeschoss gegen die Säule neben ihrem Kopf krachte. Scharfkantige Steinsplitter flogen umher, und einer davon traf sie ins Gesicht. Sie fiel hin, und das war ihr Glück, denn dadurch verfehlte die Lanze, die von der Säule abgeprallt war, knapp ihren Kopf.

Crom drehte sich so schnell um, dass Podkin und Puk sich festklammern mussten, um nicht abgeworfen zu werden. Ein Gormkrieger kam durch den Rauch herangestapft. Sein Panzer war rußgeschwärzt, und das Fell an seinen Ohren war abgesengt, sodass man die rosafarbene Haut sah, doch das schien ihn nicht weiter zu stören. Er musterte sie mit leeren roten Augen, als seien sie nur seelenlose Fleischstücke, und holte mit seinem gezackten Breitschwert aus.

„Zurück!“, schrie Podkin, und Crom machte in letzter Sekunde einen Satz nach hinten. Das Schwert sauste an seiner Nase vorbei und klirrte auf den Steinboden der Höhle. „Hast du den Kerl denn nicht gehört?“, brüllte Podkin.

„Bei diesem Krach kriege ich nicht mit, ob jemand kommt“, antwortete Crom ebenfalls brüllend. „Du musst mir wieder die Augen ersetzen, Podkin!“

Das panische Schreien und Rufen, das Tosen der lodernden Flammen, die glühheiße Luft und der Rauchgestank – all das betäubte die Sinne, auf die sich Crom verlassen musste, um seine Blindheit auszugleichen.

Der Gormkrieger schwang abermals sein Schwert und kam auf sie zugestapft.

„Duck dich!“, schrie Podkin, und dann: „Spring nach rechts!“

Das Breitschwert verfehlte sie beide Male – aber nur um Barthaaresbreite. Wie sollte Crom sich verteidigen, wenn er seinen Gegner nicht wahrnahm? Hoffentlich kamen nicht noch mehr Angreifer dazu!

„Dürfen wir euch behilflich sein?“, ertönte es da aus der Höhe von Croms Knien.

Als Podkin nach unten spähte, erblickte er Mischi. Sie hatte das Band ihrer Schleuder so weit gespannt, wie es ging, und zielte auf den behelmten Kopf des Gormkriegers. Maschi stand neben ihr und hatte sein Holzrohr ans Maul gesetzt. Die Geschwister feuerten gleichzeitig. Kleine schwarze Kugeln – woraus sie bestanden, konnte Podkin nicht erkennen – landeten auf den Augenschlitzen des Helms und zerplatzten. Eine qualmende, zähe Masse lief in den Helm hinein. Der Gorm schrie auf, ließ sein Schwert fallen und rieb sich wie wild die Augen.

Jetzt oder nie … Aber würde es Crom gelingen, den Gepanzerten niederzuschlagen? Leichter wäre das, wenn der Gorm außerdem noch über ein Hindernis stolperte …

Plötzlich sah Podkin vor sich, wie sie an Mittsommer immer mit den Rotwasser-Kindern auf der Wiese gespielt hatten. Podkin hatte sich von hinten an Rufus oder Rusty angeschlichen und hingekauert, und dann hatte Paz den Betreffenden von vorn geschubst, sodass er ins hohe Gras purzelte. Sie hatten sich jedes Mal darüber kaputtgelacht.

Ein in Flammen stehender unterirdischer Markt hatte so gar keine Ähnlichkeit mit einer friedlichen Wiese, aber versuchen konnte man es ja mal!

Podkin ließ sich von Croms Rücken gleiten, huschte um den Gormkrieger herum und kauerte sich zusammen. Als Paz das sah, kam sie zu ihm und kauerte sich neben ihn.

„Jetzt kannst du zuschlagen, Crom!“, rief Podkin. „Der Bursche steht direkt vor dir!“

Doch Crom holte nicht zum Schlag aus, sondern ließ sich nach hinten fallen, fing sich mit den Vorderpfoten ab und trat den Gorm mit beiden Hinterpfoten kräftig vor die Brust. Der Gepanzerte verlor das Gleichgewicht, stolperte rücklings über Podkin und Paz und krachte donnernd gegen die Säule. Podkin und Paz kam es vor, als sei ein eiserner Eichenstamm über sie hinweggerollt. Sie lagen platt auf dem heißen Steinboden und rangen nach Luft.

Als Podkin den Kopf hob, sah er, dass die Säule, gegen die der Gorm geprallt war, Risse bekommen hatte. Die Decke der Höhle gab ein unheilvolles Ächzen von sich.

Doch da zerrten Mischi und Maschi ihn und Paz auch schon hoch, und die kleine Schar verschwand im Eingang zu dem verborgenen Tunnel.

Der Tunnel verzweigte sich im Zickzack nach allen Richtungen und war von dick verstaubten Wurzeln überwuchert. Nach ungefähr zehn Metern stieg er plötzlich fast senkrecht an. In die harten Erdwände waren zwar hölzerne Haltepflöcke eingelassen, aber die meisten waren so alt und morsch, dass sie ihnen unter den Pfoten zerbröselten. Daher zogen sie sich lieber an den Wurzeln bergauf.

Es war wie in einem Kaminschacht: eng, stockfinster und voll erstickendem Qualm. Doch sie hatten alle nur einen Gedanken – das Feuer und den Lärm so schnell wie möglich hinter sich zu lassen.

Irgendwann wurde Puk abgeworfen, weil sich Crom auf allen vieren fortbewegen musste und trotzdem mit dem Rücken die Decke streifte. Daraufhin nahmen Podkin und Paz ihren kleinen Bruder zwischen sich und schleiften ihn mit. Mischi und Maschi liefen voraus. Alle sechs husteten ununterbrochen.

Dann endlich – *endlich!* – endete der Tunnel in einem Gebüsch, und sie erblickten mattes Abendlicht. Einer nach dem anderen ließ sich in den Schnee fallen und blieb keuchend liegen. Ihnen war zumute, als wären sie noch einmal neu geboren worden.

Podkin scharrte im Liegen Schnee zusammen und klatschte ihn sich ins Gesicht. Seine Augen brannten und tränten unerträglich, und seine Nase und Kehle fühlten sich so wund an, als hätte sie jemand mit essiggetränktem Sandpapier abgerieben.

Es dauerte eine Weile, aber dann konnte er wieder einigermaßen scharf sehen.

Sie waren am Waldrand herausgekommen. Podkin spähte zu dem Brombeergestrüpp hinüber, in dem sich der Eingang zur Knochenwurzel-Siedlung verbarg. Davor ragte etwas Hohes auf – vermutlich der steinerne Torpfosten. Und überall zwischen den Bäumen sah man die Umrisse unzähliger Kaninchen, die aus verborgenen Hinterausgängen flohen wie Ameisen, deren Bau man mit kochendem Wasser begossen hat.

Sie taten Podkin von Herzen leid. In ihrer Siedlung hatten sie sich vor den Gorm in Sicherheit geglaubt, und jetzt waren sie wieder auf der Flucht.

„Spürst du das?", fragte Paz.

„Was denn?", fragte Podkin heiser zurück.

„Der Boden bewegt sich."

Podkin wandte den Kopf und betrachtete den Waldboden, dann spürte er es auch. Unter der Erde bebte es.

„Die Markthöhle stürzt ein", sagte Crom. „Das ist gefährlich. Wir müssen weiter."

Er hatte bestimmt recht, aber keiner der anderen hatte noch die Kraft, eine Pfote vor die andere zu setzen. Sie richteten sich nur auf und sahen zu, wie sich jetzt keine zehn Meter von ihnen entfernt Risse im Schnee auftaten.

Es krachte und ächzte, die Risse wurden breiter. Die Bäume ringsum neigten sich, und aus den klaffenden Wunden im Erdboden quollen Rauchschwaden.

„Weg hier!“, schrie Crom, und die kleine Truppe raffte sich mit letzter Kraft auf und schleppte sich ein Stück in den Wald hinein.

Als Podkin sich umdrehte, sah er gerade noch, wie ein rundes Stück Boden von der Größe der Markthöhle einbrach und Bäume, Büsche, Schnee und Erde mit sich in die Tiefe riss. Das donnernde Krachen ging ihnen durch Mark und Bein.

Dann sah man nur noch einen riesigen schwarzen Krater, aus dem sich schwarze Rauchfahnen in den Abendhimmel schlängelten. Der Steinpfosten war allerdings nicht eingestürzt, und aus dem qualmenden Haupteingang der zerstörten Siedlung kletterten jetzt lauter gedrungene Gestalten, auf deren Panzern Blutspritzer verdampften.

Podkin zählte aber nur fünfzehn Gorm, was bedeuten musste, dass auch der größte Teil der Angreifer unter Tonnen von Erde, Steinen und Wurzeln begraben worden war.

Gut so!, dachte er und hätte am liebsten ein Freudentänzchen aufgeführt, wäre in diesem Augenblick nicht ein letzter Gormkrieger dem Haupteingang entstiegen.

Er war einen Kopf größer als die anderen, und sein Panzer war mit besonders furchteinflößenden Stacheln gespickt. An seinem Gürtel hingen weißliche Gegenstände – Schädel? –, und er stützte sich auf ein gewaltiges Schwert. Als er sich umdrehte und den Blick über die Verwüstung schweifen ließ, sah Podkin es in den Augenschlitzen seines Helms rötlich funkeln.

Unwillkürlich sprach er den Namen tonlos aus.

Scramashank.

Der Anführer der Gorm hatte den Einsturz überlebt. *Die Große Göttin verfluche ihn!*

„Was ist los, Pod?", fragte Paz besorgt und fasste ihn an der Schulter.

Podkin brachte kein Wort heraus und deutete nur stumm auf den Steinpfosten. Als Paz Scramashank erblickte, riss sie Puk hoch und rannte los. Die ganze kleine Schar rannte, als sei ihnen der Teufel selbst auf den Fersen.

Und das war er ja irgendwie auch.

Eine Geschichte in einer Geschichte

Sie rannten und rannten, bis es dunkel wurde und der Mond wie ein kaltes, wachsames Auge vom Himmel leuchtete. Dann erst hielten sie an, ließen sich gegen die Baumstämme fallen und horchten mit gespitzten Ohren, ob außer ihrem eigenen Keuchen noch etwas zu vernehmen war – etwa das Klirren eiserner Panzer oder das Krächzen abgerichteter Krähen.

„Mir ist furchtbar kalt", brachte Podkin schließlich bibbernd heraus. „Aber wir machen lieber kein Feuer, weil man uns sonst sehen kann, oder?"

„Wenn wir kein Feuer machen, sind wir bis morgen früh erfroren", hielt Paz dagegen.

„Wir müssen uns verstecken", meinte Mischi.

Maschi nickte zustimmend. „Können wir nicht aus Ästen einen Unterschlupf bauen? Oder eine Schneehöhle graben?"

„Ich weiß etwas Besseres." Crom löste sich von seinem Baumstamm, drehte schnuppernd die Nase nach Süden und stapfte dann tiefer in den Wald hinein. Dabei trug er Puk auf dem Arm, der sich an seine Brust schmiegte und vor lauter Angst und Erschöpfung eingeschlafen war.

Die anderen kämpften mit der Versuchung, einfach zu bleiben, wo sie waren, und zu erfrieren, dann gaben sie sich einen Ruck und folgten dem Krieger.

Der Wald wurde immer dichter, dunkler und unheimlicher. Dornen und herabhängende Zweige verhakten sich in ihrer Kleidung und zerkratzten ihnen die Gesichter. Immer wieder hielt Crom an und ließ sich beschreiben, wo sie gerade waren. Erst sollten sie nach einer abgestorbenen Eiche Ausschau halten, dann nach einem Bach und dann nach einer Lichtung mit einer verfallenen Blockhütte.

„Ich will ja nicht unhöflich sein", sagte Podkin, als sie die Lichtung überquert hatten, „aber wo wollen wir eigentlich hin? Wir sind jetzt schon stundenlang unterwegs. Wir können nicht mehr." Was eigentlich heißen sollte, dass *er* nicht mehr konnte – aber aus dem Schnaufen der anderen schloss er, dass es ihnen ähnlich ging.

Statt einer Antwort zeigte Crom auf eine Anhöhe, die sich hinter den Bäumen abzeichnete.

„Da lang", sagte er nur, und sie liefen weiter. Wohin, war ihnen im Grunde egal – Hauptsache, sie konnten sich bald irgendwo ausruhen, wo es warm, trocken und geschützt war.

Die Anhöhe entpuppte sich als niedriger Hügel, auf dessen Kuppe eine uralte, hohe Kiefer stand. Ihre mächtigen Zweige waren so dick wie junge Baumstämme, und unter ihrer Krone lag kaum Schnee. Der bemooste Stamm mit der zerfurchten Rinde war über und über von Efeu überwuchert, dessen Ranken wie ein Vorhang herabhingen. Erst dachte Podkin, dass sich hinter diesem Vorhang eine Höhle öffnete, dann sah er, dass es der versteckte Eingang zu einer Behausung war.

„Finsterbau", las Paz vor, was mit Ogham-Runen in die von Flechten überwucherte steinerne Einfassung gemeißelt war. „Nie gehört."

Unter der Schrift waren undeutlich irgendwelche Verzierungen zu erkennen – waren es Früchte? Oder Kiefernzapfen? Wind und Regen vieler Jahre hatten den Stein verwittern lassen. Dieser Bau musste schon sehr alt sein, vielleicht sogar so alt wie Gänseblum.

„Hier hat schon ewig niemand mehr gewohnt", sagte Maschi, der offenbar den gleichen Gedanken hatte, und Mischi trat mit der Hinterpfote gegen die verschlossene Tür, sodass das Holz wie eine Trommel donnerte.

„Und wie kommen wir da jetzt rein?", fragte Podkin zähneklappernd. Alle drehten sich nach Crom um, doch der Krieger griff nur wortlos unter sein Wams und förderte einen langen Schlüssel zutage, den er an einem Lederband um den Hals getragen hatte. Seine Miene war undurchdringlich. Niemand wagte etwas zu sagen, als er vor die Tür hintrat und sie so lange befühlte, bis er das Schlüsselloch ertastet hatte. Er steckte den Schlüssel hinein und drehte ihn um. Es quietschte und knarrte, dann holte Crom tief Luft und stieß die Tür mit der Schulter auf.

Kalte, modrige Luft schlug ihnen entgegen. Drinnen war außer tintiger Schwärze nichts zu erkennen. Es war ein Geisterbau – leer, verlassen, leblos.

Crom drehte sich mit ausgebreiteten Vorderläufen zu ihnen um. „Willkommen!"

In den Halterungen an den Wänden des Eingangstunnels steckten noch die Fackeln, als warteten sie auf die Rückkehr der früheren Bewohner. Maschi nahm eine herunter, holte zwei Feuersteine aus einer seiner Gürteltaschen und zündete die Fackel an. Als er sie hochhielt, sah es aus, als söge die Dunkelheit das Licht gierig auf.

Der Bau machte den Eindruck, als hätte er seit mindestens zehn, wenn nicht zwanzig Jahren leer gestanden. Trotz Kälte, Dunkelheit, Staub und Spinnweben war er offenbar sehr solide, denn die Wände waren nirgends eingestürzt.

Die Decke wurde von dicken Holzpfosten getragen, die mit Schnitzereien verziert waren. Sie zeigten Kaninchen, die durch den Wald sprangen, dazu überall Kiefernzapfen, die offenbar das Wahrzeichen des Stammes waren. Hier und da war auch ein auffallend großes gehörntes Kaninchen zu sehen, das zwischen Bäumen hervorspähte oder ein flüchtendes Wiesel verfolgte. Das musste Herion sein, der Gott des Waldes. Dass die Bewohner dieses Baus gerade ihn verehrten, leuchtete Podkin ein – schließlich lebten sie abgeschieden im tiefsten Grimmwald.

Maschi zündete mit der ersten Fackel ein paar weitere an, sodass sie sich näher umschauen konnten. In den Boden waren Mosaiken aus gefärbtem Lehm eingelassen, und an den getünchten Wänden war noch zu erkennen, wo sie einst mit Wandbehängen geschmückt gewesen waren. Mehrere Türen führten zu den Aufenthaltsräumen für die Wachen und zu den Waffenkammern. In einem Raum entdeckten sie jede Menge Fackeln, Laternen und Feuerholz, alles säuberlich aufgestapelt und gebrauchsfertig.

Im Schein der brennenden Fackeln gingen sie weiter und stießen immer wieder bewundernde Rufe aus. Ja, dies war ein ausgesprochen luxuriöses Versteck.

Als Podkin einen Blick über die Schulter warf, sah er, dass Crom im Laufen eine Pfote über die Wand gleiten ließ. Täuschte er sich, oder schimmerten die Augen des blinden Kriegers verdächtig feucht?

Dann standen sie in der Langhöhle. Paz und die anderen liefen geschäftig umher, zündeten die Wandfackeln an und machten Feuer. Nach kurzer Zeit knisterte es in der Feuerstelle behaglich, und der Duft von Kiefernharz erfüllte die Höhle. Einer nach dem anderen ließ sich auf den gepflasterten Boden niedersinken und von der Wärme durchströmen. Es war ein unbeschreibliches Gefühl, wieder in einem Bau zu sein, in dem ihnen niemand etwas Böses wollte.

So blieben sie eine ganze Weile sitzen und schauten sich nur um.

Der Stamm, der hier gelebt hatte, musste wohlhabend gewesen sein. Die Feuerstelle hatte eine Steineinfassung, und es gab zahlreiche lange Tische. Hunderte Stühle, alle mit einem geschnitzten Kiefernzapfen auf der Rückenlehne, standen an den Wänden für das nächste Fest bereit.

Die Wandbehänge waren zusammengerollt und lehnten in einem Winkel. Maschi entrollte einen davon und hielt ihn hoch. Darauf stand das große gehörnte Kaninchen neben einem Hirschbock, der eine Kette aus Kiefernzapfen um den Hals geschlungen hatte.

Podkin musste an Gänseblum denken – den hübschen, ordentlichen kleinen Bau seiner Eltern, der für ihn immer der Mittelpunkt der Welt gewesen war. Dieser Bau dagegen hatte etwas Bedrückendes. Er hatte jahrelang einsam vor sich hingeschlummert, bis Leben und Licht in ihn zurückgekehrt waren.

Es dauerte eine ganze Weile, bis sich alle einigermaßen erholt hatten. Ihre Augen brannten immer noch, und ihr Fell war über und über mit Schlamm und Ruß verschmiert. Nur ihre Hinterpfoten waren sauber, weil sie so lange durch den Schnee gestapft waren. Braune, weiße und graue Zehen zappelten im Feuerschein, bis sie wieder richtig durchblutet waren.

„Sind wir denn hier in Sicherheit?", konnte Podkin sich nicht verkneifen zu fragen. „Finden die Gorm uns hier nicht?"

Crom rieb sich ausgiebig die müden Augen, bevor er antwortete: „Davon gehe ich nicht aus. Draußen stehen die Kiefern so dicht, dass ihre Krähen dauernd mit den Stachelpanzern hängen bleiben würden. Und wenn sie jemanden verfolgen, dann eher die geflohenen Siedler, denn die haben bestimmt mehr Spuren hinterlassen als wir."

Podkin war erleichtert – und bekam sofort ein schlechtes Gewissen, dass es ihm lieber war, wenn die Gorm andere Kaninchen jagten statt ihn und seine Freunde. Aber irgendwie war das auch verständlich, oder?

Den anderen ging es offenbar genauso, denn auch sie machten betretene Gesichter. Um sich von ihren Gewissensbissen abzulenken, sahen sie einander auffordernd an. Wer würde als Erster den Mut aufbringen, Crom nach seiner Geschichte zu fragen? Schließlich war es Mischi, die das Wort an den Krieger richtete. Ihre Stimme hallte von den kahlen Wänden wider.

„Warum wird dieser Bau nicht mehr bewohnt, Crom?“, fragte sie.

Der Blinde verzog erst keine Miene, sodass Podkin schon glaubte, er hätte die Frage nicht gehört, und als er schließlich doch antwortete, klang seine Stimme so heiser und stockend, als kostete ihn das Erzählen große Überwindung.

„Es fällt euch sicher schwer, euch mich als Jugendlichen vorzustellen – nur wenige Jahre älter, als ihr jetzt seid –, aber auch ich war einmal jung. Um diese Zeit war es auch, dass ich euren Vater kennengelernt habe, Podkin.

Es war damals üblich, dass die Söhne von Stammesführern ein paar Jahre bei einem befreundeten Stamm verbrachten, vorzugsweise bei einem, der gerade in kriegerische Auseinandersetzungen verwickelt war. Sie sollten sich beizeiten mit den Aufgaben eines Anführers und Kriegers vertraut machen, damit sie nicht faul und verwöhnt wurden. Ein faules, verwöhntes Kaninchen ist ein schlechter Anführer.“ Hier warf Paz ihrem Bruder einen vielsagenden Blick zu, und Podkin streckte ihr die Zunge heraus.

„Euer Vater war genau wie ich der Sohn eines Stammesführers“, sprach Crom weiter. „Meine Familie lebte hier in Finsterbau, und ich würde meinem Vater einmal nachfolgen.

Wie es der Zufall wollte, wurden Lopkin und ich zum selben Stamm geschickt. Steinsplitter nannte er sich und war oben im Norden angesiedelt, am Fuß des Arukh-Gebirges. Der Steinsplitter-Stamm wurde immer wieder von den langhaarigen Arukh-Kaninchen überfallen und konnte Verstärkung gut gebrauchen.

So sammelten Lopkin und ich unsere ersten Erfahrungen als Krieger.

Anfangs kam ich überhaupt nicht zurecht. Ich hatte mein bisheriges Leben damit verbracht, im Gras zu liegen, Klee zu mümmeln und zu dösen. Den Fechtunterricht hatte ich fast immer geschwänzt, ja, ich konnte nicht einmal lesen und schreiben. Mit Mühe konnte ich einen Schwertknauf von einer Klinge unterscheiden."

Na und? Ist doch nicht so schlimm!, dachte Podkin und wich dem Blick seiner Schwester aus, die in sich hineinkicherte und mit der Pfote auf ihn zeigte.

„Als ich dann an meinem ersten richtigen Gefecht teilnahm, wäre ich beinahe ums Leben gekommen.

Ich weiß nicht, ob ihr schon mal Arukh-Kaninchen begegnet seid. Ihre Krieger sind ein erschreckender Anblick. Sie färben ihr langes Fell leuchtend blau und flechten es zu perlengeschmückten Zöpfen, und wenn sie auf ihre Gegner losstürmen, stoßen sie ein schauerliches Kampfgebrüll aus. Ihre Steinwaffen sind zwar primitiv, aber sie wissen sie geschickt einzusetzen.

Als die Steinsplitter-Truppen in die Schlacht zogen, nahmen sie euren Vater und mich als Pfeiljungen mit. Unsere Aufgabe bestand darin, die Bogenschützen mit immer neuen Pfeilen zu versorgen, ansonsten sollten wir uns aus dem Kampfgeschehen heraushalten.

Doch es lief nicht nach Plan, und ein Trupp Arukh-Krieger durchbrach unsere Linien. Sie drangen bis zu den Bogenschützen vor und überrannten sie. Einer kam auf mich zugestürmt und holte mit seiner Steinaxt nach meinem Kopf aus. Ich war vor Angst wie gelähmt und konnte ihn nur flehend ansehen.

Da stürzte sich euer Vater, der nicht größer war, als ihr heute seid, auf den Kerl, packte ihn an den Zöpfen und donnerte ihm eine Tonflasche auf den Schädel. Der Arukh ging bewusstlos zu Boden. Erst acht Sommer alt und schlägt schon einen ausgewachsenen Krieger k. o.! So war euer Vater."

Podkin und Paz wechselten einen Blick. Beide hatten Tränen in den Augen, lächelten einander aber tapfer an.

„Danach schwor ich mir, ein fähiger Krieger zu werden. Lopkin und ich trainierten jeden Tag, und nach ein, zwei Jahren wurden wir schon an vorderster Front eingesetzt. Wir waren kräftige junge Burschen und fanden Gefallen am Kriegerleben.

So großen Gefallen, dass wir uns nach neuen Abenteuern umsahen, als die Arukh schließlich kapitulierten. Wir bereisten ganz Lanica und boten unsere Dienste jedem an, der gerade in Bedrängnis war. Fünf, sechs Jahre lang waren wir keinen

Tag getrennt und retteten einander so oft das Leben, dass wir irgendwann nicht mehr mitzählten.

Dann jedoch bekam Lopkin eines Tages die Nachricht, dass sein Vater – euer Großvater – gestorben war und er zurückkommen solle. Er folgte der Aufforderung bereitwillig, auch wenn er es schade fand, dass wir uns trennen mussten. Ich glaube, im Grunde seines Herzens hatte er das Kriegerdasein allmählich satt.

Mir ging es da anders. Ganz anders! Ich zog weiter durch die Lande und kämpfte mal hier, mal dort. Kurz nach Lopkins Hochzeit schaute ich auch in Gänseblum vorbei. Eure Mutter war wunderschön, und Lopkin war sehr glücklich. Damals zeigte er mir den Kupferdolch und vertraute mir an, dass die Waffe zu den Zwölf Gaben gehörte.

Doch ich hielt mich nicht lange dort auf, weil neue Aufgaben auf mich warteten. Ich kämpfte gegen die Riesenkaninchen in Orestad und half mit, den Aufstand der Anhänger des Cruach niederzuschlagen. Cruach ist ein Kriegsgott, der in Thrianta verehrt wird. Dann ereilte auch mich eines Tages die Nachricht, dass mein Vater gestorben sei und ich nach Finsterbau zurückkehren solle.

Ich grübelte lange darüber nach, dann lehnte ich die Aufforderung ab. Mir war klar, was das für meinen Stamm bedeutete, aber ich brachte es einfach nicht über mich, mein ungebundenes Leben aufzugeben. Anführer – das war nichts für mich. Ich nahm an, dass man daraufhin jemand anderen in dieses Amt wählen würde, aber stattdessen zerstreute sich der Stamm in alle Winde. Ein Teil ging nach Tintlingen im Norden, ein anderer nach Waldheim in Süden, einige auch in die Wälder von Orestad. Dort sollen sie einen eigenen Stamm gegründet haben, wie ich gehört habe. Tja, die Finsterbau-Kaninchen waren schon immer ein eigensinniger Haufen. Sie fingen lieber woanders von vorn an, als an einem Ort weiterzumachen, der ihrer Meinung nach kein Glück mehr brachte. Seither steht dieser Bau hier leer."

Die Zuhörer saßen eine Weile nur da, lauschten dem Knacken des Feuers und ließen Croms Geschichte auf sich wirken. Sie hatten schon von Stämmen gehört, die von den Gorm oder bei irgendeiner Fehde ausgelöscht worden waren, wären aber nie auf die Idee gekommen, dass ein Stamm seinen Bau auch freiwillig aufgeben und sich auflösen könnte.

Vielleicht hatten sich die Kaninchen ja in Finsterbau nie so recht wohlgefühlt. Oder sie hatten den Tod ihres Stammesführers als göttliches Zeichen aufgefasst. Der Glaube bewog so manchen zu unverständlichen Taten.

Schließlich wechselte Podkin das Thema. „Und was ist mit deinen Augen passiert, Crom? Wie kommt es, dass du blind bist? Du brauchst aber nur zu antworten, wenn es dir nichts ausmacht."

Crom stieß einen Laut aus, der halb Seufzen, halb Knurren

war, und Podkin glaubte schon, er würde es dabei belassen, doch da fing er wieder zu erzählen an.

„Vor etwa fünf oder sechs Jahren erschienen die ersten Gorm oben im Norden. Damals taten sich ein paar Stämme zusammen und stellten ein Heer auf, um sie zu vertreiben, aber sie waren uns von Anfang an überlegen. Unsere Lanzen prallten von ihren Panzern einfach ab, genau wie von denen der Missgeburten, auf denen sie reiten.

Und dann war da noch die Hexe. Sie ritt auf einer schwarzen Ratte und konnte Gewitter heraufbeschwören. Als wir sie angriffen, traf mich ein magischer Donnerschlag mitten ins Gesicht und raubte mir das Augenlicht. Ich lag tagelang halb bewusstlos unter einem Berg Leichen. Als ich wieder zu mir kam, waren die Gorm weitergezogen, um den nächsten bedauernswerten Stamm zu überfallen. Ich konnte nur wie ein Baby auf allen vieren krabbeln, aber ich spürte, dass die ganze Gegend verbrannt und verwüstet war, weil alles nach Rauch, Eisen und Blut stank. Zum Glück entdeckten mich ein paar Flüchtende, nahmen mich mit und pflegten mich. Meine anderen Verletzungen heilten wieder, aber meine Augen waren nicht mehr zu retten.

Ich musste mir das Kämpfen mühsam wieder beibringen, indem ich lernte, meine anderen Sinne einzusetzen, habe aber nie mehr zu meiner alten Form zurückgefunden. Anfangs habe ich mir oft gewünscht, dass mich die Gormhexe getötet hätte, aber inzwischen bin ich froh, dass ich noch lebe. Wenn einem etwas so Kostbares wie das Augenlicht genommen wird, lernt man alles andere umso mehr zu schätzen."

Als er zu Ende erzählt hatte, schnarchte der kleine Puk bereits nach Leibeskräften, und auch die anderen jungen Kaninchen wickelten sich in ihre Umhänge und legten sich hin. Bestimmt gab es in dem verlassenen Bau irgendwo Betten und Decken, aber es war ihnen viel zu anstrengend, sich auf die Suche danach zu machen.

Podkin kuschelte sich von hinten an seine Schwester. Die Wärme im Gesicht und auf dem vernarbten Ohrstummel tat ihm gut. Es fühlte sich an, als würde er sanft in den Schlaf gestreichelt.

Das Letzte, was er sah, bevor ihm die Augen zufielen, war Crom, der reglos am Feuer saß.

Podkin stellte ihn sich als jungen Krieger vor, wie er neben Lopkin stand und mit ihm scherzte und lachte. Dann schlief er ein, und seine Träume waren so angenehm warm wie seine Zehen.

Die ersten paar Wochen in dem verlassenen Bau waren eine friedliche Zeit. Sie verbrachten sie damit, die Gänge zu erforschen, Licht und Luft in die verstaubten Räumlichkeiten zu lassen und im Wald auf die Suche nach essbaren Beeren, Samen und Nüssen zu gehen.

Abends trafen sie sich in der Langhöhle am Feuer, und nachdem Crom den Anfang gemacht hatte, entwickelte sich das Geschichtenerzählen zu einem festen Brauch, denn Kaminfeuer und Geschichten besitzen bekanntlich ihre ganz eigene Magie.

Mischi und Maschi erzählten davon, wie sie sich einer Akrobatentruppe angeschlossen hatten, deren bunter Wohnwagen in ihrem kleinen Heimatdorf im Klirrkalt-Gebirge Station gemacht hatte.

Die Zwergkaninchen lebten dort in Steinhöhlen, und die Kinder waren schon erfahrene Fels- und Baumkletterer, bevor sie richtig laufen konnten. Doch Mischi und Maschi hatten die Welt sehen wollen, und bei den reisenden Akrobaten konnten sie mit ihren Fähigkeiten glänzen. (Dieser Abschnitt der Geschichte wurde mit Flickflacks, Kopfständen und Balanceakten illustriert, die die anderen zu begeistertem Applaus hinrissen.)

Mit ihrer Truppe aus Jongleuren, Feuerschluckern und Puppenspielern hatten Mischi und Maschi den Süden bereist, waren durch Thrianta und Hulstland gezogen. Es war ein schönes, unbeschwertes Leben gewesen – bis sie die Schroffhöhen überquerten und nach Enderby kamen.

Dort begegneten sie zum ersten Mal den Gorm. Der Stamm, vor dem sie auftraten, wurde überfallen, und mehrere Mitglieder der Truppe wurden in die Sklaverei verschleppt.

Dieses Erlebnis veränderte die übrigen Mitglieder. Sie entwickelten Techniken, wie sie mithilfe ihrer Akrobatenkünste gepanzerte Gormkrieger zu Fall bringen konnten, und wenn sie unterwegs einem feindlichen Spähtrupp begegneten, kehrten mindestens zwei, wenn nicht drei Gorm nicht mehr in ihr Basislager zurück.

Hier unterbrachen Mischi und Maschi ihre Erzählung und zeigten den anderen, was die Beutel an ihren Schultergurten enthielten. Sie breiteten lauter kleine Päckchen auf dem Boden aus, die man auf Gormpanzer abschießen konnte. Der Inhalt drang dann durch die Augenschlitze und in die Spalten zwischen den Eisenplatten. Da gab es den Blendschleim, dessen Wirkung sie bereits vorgeführt hatten, außerdem Gift, Leim, Juckpulver, Stinkbomben und sogenanntes Knallpulver. Alle waren gebührend beeindruckt.

Die Geschwister nahmen ihren Bericht wieder auf und schilderten, wie sie mit ihrer Truppe aus verkappten Kriegern weiter durch die Lande gezogen waren und die Gorm bekämpft hatten, wo sie nur konnten.

Dass sie schließlich in Knochenwurzel gelandet waren, war nur folgerichtig, denn schließlich war die Siedlung ein Sammelbecken für Flüchtlinge und Ausreißer. Sie hatten dort ihren Proviant aufstocken und sich mit Vorführungen ein paar Kupfermünzen verdienen wollen. Aber dann hatten Quitte und Bulle die Geschwister entführt und so lange in ihrer Höhle versteckt, bis die anderen Akrobaten die Suche nach ihnen aufgegeben hatten. Sie waren längst weitergezogen, als Bulle Mischi das erste Mal zum Klauen auf den Markt geschickt hatte.

Den Rest der Geschichte kannten die Zuhörer nur zu gut.

An den folgenden Abenden erzählten dann Paz und Podkin abwechselnd von ihrer abenteuerlichen Flucht vor den Gorm und davon, wie Podkin sein Ohr eingebüßt hatte. Und auch von ihrem Leben daheim in Gänseblum, bevor das Unheil über den Bau hereingebrochen war. Sie erzählten von den Mittsommerfesten bei den Findlingen, davon, wie Paz ihren Bruder einmal in den Fluss geschubst hatte, von den Frostnachtsabenden, an denen die Kinder auf das Winterkaninchen gewartet hatten, vom Versteckspielen im Wald ...

Anfangs ertrug Podkin es kaum, von diesen glücklicheren Tagen zu sprechen, weil sie für immer vorbei waren, doch mit der Zeit fand er es auch tröstlich. Als wären seine Erinnerungen kostbare Edelsteine, die er immer bei sich trug und an deren Funkeln er seine neuen Freunde teilhaben lassen konnte.

Finsterbau war verlassen, leer und abgelegen. Trotzdem schenkte ihnen ihr Versteck Sicherheit und war Abend für Abend von Gelächter und vom Knistern des Feuers erfüllt. Ganz allmählich fühlten sich die jungen Kaninchen hier geborgen.

Zwischenspiel am Kamin

Der Barde unterbricht sich und trinkt einen großen Schluck Met.

„War's das schon?", fragt das vorwitzige Kaninchenmädchen, verschränkt die Vorderläufe vor der Brust und zieht einen Flunsch. „Und was ist damit, dass aus Podkin der gehörnte König wurde? Und mit den vielen Kämpfen und Schlachten, in denen er mit seinem Zauberdolch alles kurz und klein haut?"

„Ich glaube, das kam erst danach", sagt der Sohn des Stammesführers nach einiger Überlegung. „Denn in den Geschichten darüber lebt der gehörnte König mit seinen Getreuen in einem abgelegenen Bau im Wald, oder?"

„Das ist doch alles Quatsch!", erwidert seine Freundin energisch. „Warum sollte ein ganzer Kaninchenstamm freiwillig auswandern? Wenn dein Vater mal stirbt, wählen wir einen neuen Anführer und machen einfach weiter."

Hubert, der am Feuer sitzt und zuhört, gibt ein vielsagendes Brummen von sich, und die Kleine besitzt immerhin den Anstand, zusammenzuzucken und verlegen auszusehen.

„Mit Stammesführern ist das so eine Sache", ergreift der Barde wieder das Wort. „Es heißt oft, sie seien von der Großen Göttin selbst auserwählt. Wenn ein Stamm seinen Anführer verliert, und es ist kein Sohn da, der die Nachfolge antreten kann, wird das manchmal als böses Omen aufgefasst. Dann ist es gar nicht so selten, dass die Kaninchen ihre Sachen packen und woanders ihr Glück suchen."

„Heißt das, Finsterbau war verflucht?", fragt Huberts Sohn.

„Möglich. Andererseits ist der Nachfolger des Stammesführers ja schließlich doch noch zurückgekehrt. Und außerdem glaubt nicht jeder diesen Unsinn."

„Ist ja auch egal", sagt das Mädchen. „Aber was ist denn nun mit den Kämpfen und den Schlachten? Wann rächt sich Podkin Einohr endlich an den Gorm?"

„In guten Geschichten geht es nicht immer nur um Kämpfe, Schlachten und Rache", gibt der Barde zurück. „Es geht auch darum, wie sich jemand charakterlich entwickelt. Es geht um Spannung, um Atmosphäre. Und auch um Romantik."

„Uääääh!" Die Kaninchenkinder tun so, als müssten sie sich übergeben, und ziehen sich die Ohren über die Augen. Der Barde seufzt.

„Bei Clarions heiligen Harfensaiten – ihr seid wirklich schwer zufriedenzustellen", sagt er. „Aber meinetwegen. Dann erzähle ich euch jetzt, wie Podkin sich an den Gorm gerächt hat."

Der Karren

Nachdem etwa ein Monat vergangen war, hatte sich ein behaglicher Alltag eingestellt.

Der ganze Bau war gründlich gefegt und gelüftet, sie hatten die Laken von den zugedeckten Möbeln abgenommen und die Spinnweben entfernt, sodass es nicht mehr wie in einem Geisterbau aussah. Sie hatten sich Schlafkammern ausgesucht, die Matratzen ausgeklopft und die Betten bezogen. Mischi und Maschi schliefen Tür an Tür mit Podkin und seinen beiden Geschwistern, Crom hatte sich auf der gegenüberliegenden Seite der Langhöhle eingerichtet. Podkin hatte angenommen, der Krieger werde die Räumlichkeiten seines verstorbenen Vaters beziehen, doch Crom hatte auf einem kargen Gelass bestanden, in dem nur ein Bett und ein Gestell für seine Waffen und den Lederharnisch Platz hatten, und niemand fragte ihn nach dem Grund.

Die kurzen Wintertage vergingen wie im Flug. Vormittags suchten Podkin, Paz und Puk den Waldboden ab und plünderten die Nuss- und Samenverstecke der Eichhörnchen. Die geübten Kletterer Mischi und Maschi nahmen sich die Bäume vor und sammelten dort alles, was essbar war, und Crom hackte Feuerholz.

Nachmittags wurde trainiert. Die Zwergkaninchen brachten den anderen Kunststücke bei – Flickflack, Salto und auf den Vorderpfoten laufen – und Crom erteilte Podkin Unterricht im Schwertkampf. Erst hatte Podkin dagegen protestiert, aber Crom hatte darauf bestanden, dass er als Sohn eines Stammesführers kämpfen können *musste*. Und der blinde Krieger war als Lehrmeister nicht mit dem alten Melfry daheim in Gänseblum zu vergleichen. Vor Crom konnte man sich nicht in einem Wandschrank oder dergleichen verstecken. Jedes Mal wenn er auch nur ein bisschen lauter wurde, sah Podkin wieder vor sich, wie er Bulle und Quitte außer Gefecht gesetzt hatte. Nein, mit Crom legte man sich besser nicht an.

Sie benutzten hölzerne Übungsschwerter, die aber, wie Podkin bald feststellte, durchaus Beulen und blaue Flecke hinterließen, wenn man von ihnen getroffen wurde (was leider nur allzu oft der Fall war). Zu Podkins Ärger nahm auch Paz ab und zu am Unterricht teil. Sie stand dann mit einem eigenen

Übungsschwert neben ihm und ahmte seine Aktionen nach. Aus dem Augenwinkel sah Podkin, dass sie sich viel geschickter anstellte als er, was ihn nur noch mehr ärgerte. Und wenn er sich ärgerte, ließ seine Konzentration nach, und er fing sich die nächste Beule ein.

Manchmal forderte Crom Paz auch auf, richtig mitzukämpfen, und dann wurde es noch peinlicher. Paz war größer und schneller als Podkin, und er musste sich die ganze Zeit darauf beschränken, ihren flinken Hieben auszuweichen. Konnte sie nicht mit Puk spielen oder Beeren zum Abendessen sammeln?

Ein Nachmittag blieb ihm als besonders unerfreulich in Erinnerung. Podkin hatte eine ganze Weile geübt, Croms Schläge zu parieren, und hatte endlich das Gefühl, dass er Fortschritte machte. Nachdem es ihm zum dritten Mal gelungen war, Croms Holzklinge abzuwehren, machten sie eine kurze Verschnaufpause. Podkin stützte sich nach Atem ringend auf sein Schwert und rieb sich die neueste Beule, und Crom räusperte sich.

Podkin rechnete mit ein paar anerkennenden Worten dafür, dass er sich solche Mühe gab. Er drückte stolz die Brust heraus und ein Lächeln umspielte sein Maul. Crom war derart geizig mit Lob, dass seine Anerkennung etwas ganz Besonderes war.

Doch stattdessen winkte der alte Krieger Paz heran, die ein

Stück abseits stand und angeberisch in die Luft hieb. „Komm doch mal her, Paz. Mal sehen, ob dein Bruder *deine* Schläge auch so gut pariert."

Dreckiger Dachshintern!, fluchte Podkin im Stillen, als Paz fröhlich angehüpft kam und übers ganze Gesicht grinste. Bevor er Einwände erheben konnte, schwang sie auch schon ihr Übungsschwert und verfehlte nur knapp seine Barthaare.

„Nicht ducken, Podkin – parieren!"

Zack-zack–zack! Paz kannte kein Erbarmen. Podkin versuchte verzweifelt, sich an die Technik zu erinnern, die er eben erst gelernt hatte, doch vor lauter Panik, dass ihn seine Schwester verdreschen könnte, war sein Kopf wie leer gefegt.

Klonk! – sie traf ihn an der Schulter. *Peng!* – auf die Nase. Als sie zum dritten Mal ausholte, verlor Podkin die Fassung.

„Aufhören!", schrie er und warf das Holzschwert nach ihr. „Ich will nicht mehr! Ich lern's sowieso nie! Von mir aus kann Paz Anführerin werden und sich ihr blödes Schwert sonst wohin stecken!"

Crom machte ein missbilligendes Gesicht, Paz ein erstauntes und – schlimmer noch – belustigtes. Podkin hatte sich vor dem Freund seines Vaters wie ein Kleinkind aufgeführt, als wäre er noch der alte, verwöhnte und verzogene Pod. Das war zu viel für ihn. Er ließ die beiden stehen und rannte in den Wald.

Erst nach einer guten Stunde, als er vor Kälte seine Zehen

nicht mehr spürte, kam er in den Bau zurückgeschlurft. Crom saß wartend am Feuer. Podkin blieb bibbernd vor ihm stehen. Er rechnete mit einer Standpauke – die er auch verdient hatte, wie er selbst fand.

Doch Crom legte ihm nur sanft die große, narbige Pfote auf die Schulter.

„Es tut mir leid“, sagte Podkin so kleinlaut, dass ihn das Knacken des Feuers beinahe übertönte.

„Das muss es nicht“, gab Crom zurück. „Du hast dich heute wacker geschlagen. Ich hätte dich nicht so hart rannehmen dürfen. Manchmal vergesse ich, wie jung du noch bist. Du hättest *mich* mal sehen sollen, als ich in deinem Alter war! Ich konnte keine Lanze von einer Möhre unterscheiden!“

„Aber Paz …“

„… ist älter und größer als du. Sie hat eine größere Reichweite und ist sehr reaktionsschnell. Aber wenn du weiter so tüchtig trainierst wie heute, bist bald *du* derjenige, der *ihr* eins draufgibt.“

Das wäre mal eine nette Abwechslung!, dachte Podkin, behielt es aber für sich. Stattdessen schwor er sich, nie mehr so auszurasten. Wenn Crom stolz auf ihn war, wäre irgendwie auch sein Vater stolz auf ihn. Ab diesem Tag strengte er sich noch mehr an, war nicht mehr so unbeherrscht und versuchte, jede neue Beule als nützliche Lehre zu betrachten.

Abends bereiteten sie das zu, was sie im Wald gesammelt

hatten, und ließen sich zum Essen vor der Feuerstelle nieder. Viel gab es meistens nicht, und ihre Mägen fühlten sich hinterher immer noch leer an, aber wenigstens mussten sie nicht verhungern. Der Brunnen von Finsterbau lieferte immer noch klares, frisches Wasser, und Crom tröstete sie damit, dass sie im Frühjahr wieder mehr Essbares finden würden. (Darüber war Podkin sehr froh, denn der Krieger hatte ihnen auch schon davon erzählt, dass er sich auf seinen Reisen gelegentlich von Würmern und Käfern hatte ernähren müssen. Puk schien das spannend zu finden, aber die einzigen knackigen Nahrungsmittel, die Podkin mochte, waren Möhren und Rüben.)

Und so ging das Leben weiter – angenehm eintönig und ruhig. Jedenfalls bis zu dem Tag, an dem Mischi und Maschi den Karren sahen.

Sie hatten gerade hoch oben in der Krone einer Kiefer nach Essbarem gesucht, erzählte ihnen Maschi hinterher, als sie plötzlich das Quietschen von Rädern vernommen hatten. Weil sie so lange im Wohnwagen durch die Lande gezogen waren, erkannten sie das Geräusch auf Anhieb.

Aber wer konnte das sein? Seit sich die kleine Schar vor zwei Monaten in den Wald geflüchtet hatte, waren sie keiner Kaninchenseele begegnet. Neugierig folgten die Geschwister dem Quietschen, indem sie von einer Baumkrone zur nächsten kletterten und sprangen, bis sie schließlich unter sich einen schmalen, unebenen Pfad erspähten, der sich zwischen den Bäumen hindurchwand.

Über diesen Pfad rumpelte ein klappriger Karren, der von einem mageren Geschöpf mit räudigem, verfilztem Fell gezogen wurde. Es musste sich um eine Riesenratte handeln, die aber mit ihrem abgeknickten Schwanz und den von Flöhen zerfressenen Ohren eher einem wandelnden Skelett glich.

Auf dem Kutschersitz saßen zwei Kaninchen. Das eine hielt eine Hakenlanze, mit der es die Ratte ab und zu pikte, doch die war viel zu erschöpft, um auch nur zu quieken. Sie beschleunigte ihren Zuckeltrab lediglich vorübergehend, bis sie das nächste Mal gepikt wurde.

Der Karren selbst war mit Vorräten vollgepackt. Mischi und Maschi erspähten Säcke mit Weizen und Hafer, Körbe mit Kartoffeln und Roten Beten sowie Fässer mit dem Stempel des Silberfels-Stammes. Was nur bedeuten konnte, dass in diesen Fässern der berühmte Silberfels-Met schwappte.

Sofort begannen die Mägen der Geschwister zu knurren, und sie berieten sich flüsternd, ob sie versuchen sollten, heimlich ein Fass herunterzuangeln. Oder sollten sie dem Gespann lieber folgen? Weil sie aber fürchteten, sich auf dem Rückweg zu verlaufen, kehrten sie unverrichteter Dinge nach Finsterbau zurück und erstatteten ihren Freunden Bericht.

An diesem Abend drehte sich die Unterhaltung am Feuer nur um den sonderbaren Karren. Wo konnte er hinwollen?

„Bestimmt nicht zur Knochenwurzel-Siedlung“, meinte Podkin, „denn die ist ausgebrannt und verlassen. Aber sonst kommt doch in Richtung Norden meilenweit nichts mehr, oder?“

„Ein Stück flussaufwärts liegt Apfelfurt“, sagte Crom, „aber wer mit diesem Stamm Handel treiben will, fährt ganz bestimmt nicht durch diesen Teil des Waldes, sondern kommt per Boot.“

„Was stimmt denn nicht mit diesem Teil des Waldes?“, fragte Paz erstaunt.

„Er gilt als verflucht“, erwiderte Crom schmunzelnd. „Hier liegt ein Geisterbau, in dem Gespenster hausen – habt ihr das nicht gewusst? Nicht zu vergessen das Ungeheuer vom Grimmwald.“

„Ein Ungeheuer?“, fragte Podkin. „Warum hast du uns noch nie gewarnt, dass hier ein Ungeheuer herumläuft? Wir sind jeden Tag im Wald unterwegs!“

„Immer mit der Ruhe“, sagte Crom gelassen. „Ich habe viele Jahre hier gelebt und bin ihm nie begegnet. Es ist nur eine mythische Gestalt aus einer alten Legende. Höchstwahrscheinlich hat mein Stamm es überhaupt nur erfunden, um unerwünschte Besucher abzuschrecken. Die Finsterbau-Kaninchen waren noch nie sehr gesellig.“

„Aber wo will der Wagen denn dann hin?“, fragte Mischi und setzte hinzu: „Was meint ihr – sollen wir ihn überfallen?“

„Das wäre Raub, und so was tut man nicht", sagte Crom. „Aber lasst uns trotzdem die Ohren offen halten. Wenn der Karren noch mal hier vorbeikommt, folgen wir ihm."

Die nächsten beiden Wochen schneite es heftig, auch wenn die Flocken Mühe hatten, durch die dichten Baumkronen zu dringen und sich als dicke Decke auf den Waldboden zu legen. Es war so gut wie ausgeschlossen, auf Nahrungssuche zu gehen, und die Kaninchen waren hungriger denn je. Der geheimnisvolle Karren war erst einmal vergessen, als dann aber der Schnee schmolz und den Pfad durch den Wald wieder freigab, hielten Mischi und Maschi erneut die Ohren offen.

Eines Morgens kamen sie über die Lichtung vor dem Bau gesprungen, wo Crom gerade Holz hackte.

„Wir haben etwas gehört!", riefen sie atemlos. „Der Karren ist gerade an uns vorbeigekommen und fährt wieder nach Norden!"

Podkin und Paz schlossen sich ihnen an, und die vier folgten den frischen Spuren von Ratte und Rädern. (Puk war für solch ein Abenteuer noch zu klein, sodass Crom auf ihn aufpassen musste. Außerdem hatte der blinde Krieger gemeint, er werde zu viel Lärm machen, wenn er sich durch den unwegsamen Wald vorantasten müsse.)

Die vier blieben auf Abstand, wagten sich aber nahe genug heran, dass sie die Räder quietschen und den Schnee unter den Pfoten der Riesenratte knirschen hörten. Damit sie hinterher wieder zurückfanden, ritzten sie unterwegs Kreuze in die Baumstämme, denn sie hatten sich bereits ein ganzes Stück von Finsterbau entfernt.

Schließlich hatten sie den Waldsaum erreicht und sahen den Karren in der Ferne vor sich. Sie huschten geduckt weiter und folgten die nächste Stunde lang den Spuren. Sie dachten schon, es würde ewig so weitergehen, da verschwand der Karren hinter einem Hügel.

Die vier beschleunigten ihr Tempo, legten sich am höchsten Punkt des Hügels auf den Bauch und spähten nach unten. Hätten sie nicht ohnehin schon so gefroren, wäre ihnen bei dem Anblick, der sich ihnen bot, das Blut in den Adern zu Eis erstarrt.

Am Fuß des Hügels stand, von einer hohen Palisade aus angespitzten Holzpfosten umgeben, eine Gruppe verschneiter Zelte. Als sich der Karren näherte, kamen Kaninchen aus den Zelten. Große Kaninchen. Große *gepanzerte* Kaninchen.

„Das ist ein Gormlager!", zischelte Podkin. Alle seine Instinkte rieten ihm dringend kehrtzumachen, nach Finsterbau zurückzurennen und sich dort zu verkriechen. Doch er beherrschte sich, so wie seinerzeit in der Knochenwurzel-Siedlung, bis seine Angst in Zorn umschlug.

„Was können sie hier wollen?", flüsterte Paz. „Ich dachte immer, die Gorm leben in Splitterholm im hohen Norden!"

„Das ist richtig", gab Maschi ebenfalls im Flüsterton zurück, „aber wahrscheinlich wollen sie auch hier in der Gegend so viele Baue wie möglich erobern und brauchen dafür ein Basislager."

Das leuchtete Podkin ein. Rotwasser und Gänseblum hatten die Gorm ja schon eingenommen, aber es gab ja auch Apfelfurt, Kirschforst und vermutlich noch andere Baue. Für so viel Erobern und Plündern brauchte man bestimmt einen Außenposten.

Er kniff die Augen zusammen und versuchte, die Gorm zu zählen. Es waren mindestens zwanzig, und vielleicht waren ja noch welche in den Zelten. Doch dort unten liefen auch ungepanzerte Kaninchen umher, wahrscheinlich Diener und Sklaven. Und was war das dort hinten? Ein Pferch?

„Gefangene!", entschlüpfte es ihm, und die anderen drehten sich um.

„Was hast du gesagt?", fragte Paz gedämpft.

„Da unten sind Gefangene eingesperrt! Glaubst du, es könnten …?"

Er brauchte den Satz nicht zu beenden. Seit ihrer Flucht aus Gänseblum hatten sowohl er als auch Paz im Stillen die Hoffnung gehegt, dass ihre Mutter und ihre Tante noch am Leben sein könnten. Sie hatten nie darüber geredet – als könnte sich diese Hoffnung in Luft auflösen, wenn man sie aussprach –, aber jetzt …

„Siehst du Mama denn?" Paz reckte den Hals.

„Noch nicht … aber wenn wir näher rankämen …"

„Köpfe runter!" Maschi packte die Geschwister an den Umhängen und zog sie zu Boden. „Wenn sie euch entdecken, sind wir geliefert!"

„Aber was ist, wenn …", setzte Podkin wieder an. „Wir müssen …"

„Wir müssen zu Crom zurück!", sagte Mischi energisch. „Wenn wir ihm hiervon berichten, fällt ihm vielleicht etwas ein."

Sie hatte ja recht, trotzdem konnte sich Podkin nicht losreißen. Wenn seine Mutter nun doch dort unten war? Schließlich musste ihn Paz bei der Pfote nehmen und hochziehen. Dabei versicherte ihm ihr Blick wortlos, dass sie zurückkommen würden. Ganz bestimmt. Auf jeden Fall.

„Ihr könnt auf gar keinen Fall zurückgehen!", sagte Crom, verschränkte die Vorderläufe vor der Brust und machte sein strengstes Gesicht (und das war ein *sehr* strenges Gesicht!). „Zwanzig Gorm oder noch mehr? Das wäre glatter Selbstmord."

„Du könntest doch mitkommen!", wandte Podkin ein. Sie saßen nach einem dürftigen Abendessen aus Eichelbrot und getrockneten Pilzen um die Feuerstelle.

„Das wäre kein großer Unterschied", entgegnete Crom. „Wenn's hoch kommt, kann ich einen oder zwei von ihnen erledigen. Bleiben immer noch mindestens achtzehn. Könnt ihr es etwa mit achtzehn Gorm aufnehmen? Da hilft auch kein Zauberdolch, der gegen ihre Eisenpanzer sowieso nichts ausrichtet."

„Wir könnten es wenigstens versuchen!", erwiderte Paz unbeirrt. „Wir müssen uns eben etwas einfallen lassen."

Crom blieb hart. „Ihr wisst doch nicht mal, ob eure Mutter überhaupt unter den Gefangenen ist. Das Risiko ist einfach zu hoch. Ich kann euch ja verstehen ... ich habe auch schon jemanden verloren, der mir nahestand ... aber im besten Fall werdet ihr nur auch noch gefangen genommen. Und im schlechtesten umgebracht. Würde eure Mutter das wollen?"

Dagegen konnten sie nichts mehr einwenden. Mischi und Maschi, die von der langen Wanderung durch den Schnee erschöpft gewesen waren, hatten sich bereits schlafen gelegt, und Puk schnarchte sanft auf Paz' Schoß. Podkin zündete eine Kerze an, und die Geschwister machten sich auf den Weg in ihre Schlafkammer. Nur Crom blieb noch am Feuer sitzen und lauschte dem Knacken der brennenden Scheite.

Podkin wartete ab, bis Paz die Tür geschlossen und Puk in sein Bettchen gelegt hatte. Er stellte die Kerze auf das Wandbord zwischen seinem und Paz' Bett und sah den Schatten zu, die über die Wände tanzten.

„Was meinst du?", sagte er dann. „Haben wir auch ohne ihn eine Chance?"

Paz setzte zu einem Seufzer an, doch es kam eher ein Schluchzen heraus. „Wir haben ja nicht mal *mit* ihm eine! Er hat leider recht, Pod. Wir können nichts tun.“ Sie setzte sich auf ihr Bett und schlang die Vorderläufe um sich. Sie sah traurig und todmüde aus.

„Heißt das, du willst so lange hier herumsitzen, bis die Gorm unsere Mutter auch noch umgebracht haben? Oder sie versklaven?“

„Wir wissen doch gar nicht, ob Mutter dort ist. Wir haben sie schließlich nicht gesehen, oder? Genauso gut kann sie noch in Gänseblum sein und sich um den Bau kümmern, so wie … wie …“

Sie brauchte es nicht auszusprechen. Podkin wusste, auf wen sie anspielte. *So wie Lady Russet.* Eine hohläugige Untote, die ihren Bau für die neuen Herren in Schuss hielt. Der bloße Gedanke jagte einen Phantomschmerz durch seinen Ohrstummel. War so etwas denkbar? Stand in der Langhöhle von Gänseblum inzwischen etwa auch eine hässliche Metallfigur und beobachtete Podkins Verwandte und Freunde dabei, wie sie unterwürfig vor den Gorm buckelten? War das traute Heim ihrer Kindheit jetzt so leer und leblos wie der Rotwasser-Bau?

„Nein!“, sagte Podkin entschieden. „Nein. Darüber haben wir doch schon mal gesprochen – in unserer Schneehöhle, auf dem Weg zur Knochenwurzel-Siedlung. Weißt du das nicht mehr? Da warst du mit mir einer Meinung, dass sich unsere Mutter niemals versklaven lässt. Du musstest schon über die bloße Vorstellung lachen!"

„Schon." Paz stieß abermals einen schluchzenden Seufzer aus. „Aber vielleicht irre ich mich ja. Oder unsere Mutter ist geflohen, weit weg von Gänseblum und den Gorm. Oder aber sie hat ihnen verraten, wo … wo …" Sie stockte, schlang die Pfoten noch fester um sich und sah ihren Bruder unglücklich an. „Der Punkt ist doch, dass wir keine Ahnung haben, wo sie ist. Und dass wir es nur herausfinden – und auch das muss nicht klappen –, wenn wir in ein Gormlager eindringen und riskieren, hinterher als Schädel von Scramashanks Gürtel zu baumeln."

Daraufhin saß Podkin eine ganze Weile nur stumm da und erwiderte ihren Blick. Natürlich hatte seine Schwester mal wieder recht (warum musste sie eigentlich *immer* recht haben?!) – und Crom hatte das Gleiche gesagt. Trotzdem begriff Podkin nicht, wie die beiden so schnell aufgeben konnten. Lag es daran, dass sie älter waren als er? Wurde man, wenn man erwachsen wurde, so vernünftig, dass man alle Hoffnungen aufgab?

„Ich *weiß*, dass Mutter dort ist", sagte er schließlich ruhig und merkte im selben Augenblick, dass es stimmte. Irgendwo in sich spürte er die Gewissheit, dass sich seine Mutter im Lager der Gorm befand. Das war so sicher, wie eine Möhre orange war.

„Das kannst du gar nicht wissen, Pod."

„Doch. Beim Barthaar der Großen Göttin – ich *weiß* es. Damit will ich nicht sagen, dass es einfach wird. Diesmal nicht. Aber ich schwöre dir, dass sie dort ist, und wir müssen sie befreien. Sie und alle anderen Gefangenen. Glaub mir doch mal. Bitte!"

Paz musterte ihn forschend. Ihre Barthaare schimmerten im Kerzenlicht. Dann zuckte sie die Achseln und nickte.

„Na schön. Wenn du mir erklären kannst, wie du zwanzig Gorm auf einmal überwältigen willst, bin ich dabei. Aber du musst mir einen wasserdichten Plan vorlegen. Einen, der nicht darauf hinausläuft, dass wir alle abgeschlachtet werden. Und damit gute Nacht."

Sie pustete die Kerze aus und kuschelte sich unter ihre Decke. Podkin legte sich ebenfalls hin, starrte aber mit offenen Augen in die Dunkelheit.

Zwanzig Gorm … Zwanzig grimmige, gepanzerte Krieger standen zwischen ihm und seiner Mutter. Wie sollte er dieses Hindernis überwinden, ohne dabei sein eigenes Leben und das seiner Freunde aufs Spiel zu setzen?

Er war schon fast eingeschlafen, als ihm endlich die rettende Idee kam. Er konnte später nicht mehr sagen, ob es vielleicht doch ein Traum gewesen war oder ein Gedanke, den ihm jemand anders eingegeben hatte. Auf jeden Fall war der Plan so überzeugend, dass er ihn die ganze Nacht lang immer wieder durchging, damit er ihn am nächsten Morgen bloß nicht vergessen hätte.

Er war gegenüber den zwanzig Gorm in genau zwei Punkten im Vorteil. Erstens wusste er, woher sie ihren Proviantnachschub bezogen. Und zweitens war er mit einer Hexe befreundet.

Die Schlacht um das Gormlager

Es vergingen mehrere Tage, bis Podkin Crom von seinem Plan überzeugt hatte, und dann noch einmal mehrere Tage, bis sie Brigids Höhle wiedergefunden hatten. Sie wussten nur noch, dass die freundliche Hexe irgendwo westlich von Knochenwurzel am Rand des Grimmwaldes lebte. Mehr hatten sie sich in ihrer damaligen Verfassung nicht eingeprägt.

Darum mussten sie jeden Morgen auf gut Glück losziehen, wobei sie wieder Kreuze in die Bäume ritzten und sich immer weiter von Finsterbau entfernten. Am dritten Tag liefen sie sogar so weit, dass sie wieder in einer Schneehöhle übernachten mussten, aber dafür entdeckten sie am nächsten Morgen eine riesige, uralte Eiche, die ihnen bekannt vorkam.

„Könnte das der richtige Baum sein?“, wandte sich Podkin

an seine große Schwester, aber Paz zuckte nur die Achseln und sah zu Mischi und Maschi hinüber, die aus Langeweile Flickflacks übten.

„Jetzt steht nicht so dumm herum“, ertönte es da aus dem Wald hinter ihnen. „Klopft endlich an.“

Mischi und Maschi schrien erschrocken auf und landeten bäuchlings im Schnee. Podkin und Paz dagegen waren nicht so überrascht, als eine Gestalt zwischen den Bäumen hervorkam. Brigid hatte die ganze Zeit dort gestanden und sie beobachtet.

Mit belustigt funkelnden Augen sah die Alte zu, wie sich die beiden Zwergkaninchen hochrappelten. Podkin kam es vor, als leuchteten ihre Augen noch blauer als früher. Ihr Gesicht war auch nicht mehr so faltig und ihr Gang nicht mehr so gebeugt.

„Für zwei Akrobaten seid ihr ganz schön schwerfällig“, sagte sie.

„Woher …?“, setzte die verblüffte Mischi an.

„… ich das weiß?“, fiel ihr Brigid ins Wort. „Ich weiß so manches, Schätzchen. Aber kommt doch herein. Ich habe auch schon den Trank fertig, um den mich Podkin bitten will.“ Mischi und Maschi verschlug es vor Staunen die Sprache.

Erst einmal setzten sie sich aber alle vor Brigids Ofen und tranken Brennnesseltee. Brigid füllte eine Flüssigkeit in eine lederne Feldflasche und überreichte sie Podkin. Er nickte und steckte die Flasche ein. „Für süße Träume?", vergewisserte er sich, und Brigid zwinkerte ihm zu.

„Für euch beide habe ich auch etwas", wandte sie sich an Mischi und Maschi. „Ich glaube, ihr sagt Knallpulver dazu."

Den Geschwistern blieben die Mäuler offen. Sie waren nämlich erst heute früh auf die Idee gekommen, dass sie Sprengstoff einsetzen könnten, und waren noch nicht einmal dazu gekommen, mit Podkin darüber zu sprechen. Brigid ging an einen ihrer Schränke und holte zwei Fässchen heraus.

„Das Zeug stinkt schauerlich", sagte sie. „Ich habe es schon vor ein paar Monaten angemischt. Ein alter Freund, der mir noch einen Gefallen schuldete, hat mir Schwefel und Salpeter beschafft. Hoffentlich könnt ihr beide auch damit umgehen."

Diesmal saßen Paz und Podkin mit offenen Mäulern da, doch bevor sie die Sprache wiederfanden, nahm Brigid ihre Vorderpfoten.

„Da wäre noch etwas. Ich begleite euch."

„Heißt das, du bringst uns nach Finsterbau zurück?", fragte Podkin.

Brigid wackelte mit den Ohren. „Das auch. Und danach schließe ich mich eurer kleinen Expedition an. Ihr werdet mich noch brauchen."

„Kommt nicht infrage!", rief Paz aus. „Das ist viel zu gefährlich."

„Keine Sorge, ich kann auf mich aufpassen", erwiderte Brigid schmunzelnd. „Sogar von Tag zu Tag besser. Meine Kräfte nehmen stetig zu."

Podkin wollte eben nachhaken, was sie damit meinte, doch Paz kam ihm zuvor. „Liegt das an dieser Waage, von der du uns erzählt hast? So wie da drüben auf dem Wandteppich mit den Schlangen?"

„Bravo, Schätzchen. Du hast gut aufgepasst." Brigid tätschelte Paz wie einer Musterschülerin den Kopf. „Die Gorm sind zu mächtig geworden – das gefällt der Waage nicht. Sie neigt sich allmählich zur anderen Seite. Und das will ich gern unterstützen."

Wieder wusste Podkin nicht genau, was Brigid damit meinte, aber es war nicht zu leugnen, dass sie verjüngt und erfrischt aussah. Und auch wenn er eigentlich nicht wollte, dass sie sich in Gefahr begab, stimmte ihn doch der Gedanke, dass sie mitkommen würde, schlagartig zuversichtlicher.

Der nächste Teil des Plans war schon kniffliger. Mischi und Maschi hielten wieder einmal die Ohren offen, und es dauerte nicht lange, bis sie melden konnten, dass der klapprige Proviantkarren wieder über den holprigen Pfad zuckelte. Begleitet von Podkin und Paz folgten sie ihm.

Die vier jungen Kaninchen huschten geduckt durchs verschneite Unterholz. Podkin hatte schon ein paar Tage vorher mit seinem Zauberdolch einen Baum gefällt, der quer über die Straße gefallen war und eine natürliche Sperre bildete.

Als die beiden Fahrer abstiegen und sich daranmachten, das Hindernis zu beseitigen, sprangen Podkin und Maschi unbemerkt auf die Ladefläche des Karrens.

Die Fahrer mussten den Baum mit Äxten klein hacken. Das machte solchen Krach, dass sie nicht mitbekamen, wie sich Podkin und Maschi an den Fässern und Säcken zu schaffen machten. Sie kippten Brigids Trank in den Met und träufelten ihn über Brot, Gemüse und Getreide, bis sämtliche Lebensmittel eine tüchtige Dosis davon abbekommen hatten. Paz und Mischi standen solange Schmiere. Als die Fahrer ihr Werk fast beendet hatten, stieß Paz einen leisen Pfiff aus, und Podkin und Maschi sprangen wieder herunter und schlugen sich in die Büsche.

Die Fahrer kletterten auf den Kutschbock, und der Karren rumpelte davon.

„Heute Abend geht es dann also los", sagte Paz, als der Wagen außer Hörweite war.

„Richtig", bestätigte Podkin. „Heute Abend." Sein Fell sträubte sich knisternd, als er daran dachte.

Es war Vollmond, und die Sterne leuchteten atemberaubend hell am klaren Himmel. Podkin erkannte das Große Radieschen, den Barden Clarion und die Große Göttin – funkelnde

Bilder inmitten von Milliarden und Abermilliarden anderer funkelnder Lichter. Ob sich wohl mal irgendein Kaninchen die Mühe gemacht hatte, ihnen allen Namen zu geben? Vielleicht hätte er doch zum Sternenkunde-Unterricht gehen sollen, statt zu dösen oder Fangen zu spielen.

Das silbrige Licht ließ den Schnee glitzern, als sei er ein riesengroßer Spiegel für die Sterne.

Diesmal waren alle mitgekommen, auch Crom, Brigid und Puk, der in einem Tragetuch unter Brigids Umhang schlief. Sie hatten ihn nicht allein in Finsterbau zurücklassen wollen, und Brigid hatte ihnen versprechen müssen, Abstand vom Gormlager und den Kampfhandlungen zu wahren (allerdings hatten ihre Augen bei diesem Versprechen mutwillig gefunkelt, und Podkin glaubte ihr nicht recht).

Aber noch saßen sie oben auf dem Hügel und schauten auf das Zeltlager hinab. Zur Tarnung hatten sie sich in weiße Wolldecken gehüllt, sodass sie auf den ersten Blick wie harmlose Schneehügelchen aussahen. Doch unter den Decken trugen sie Lederharnische, die sie in Finsterbau gefunden hatten, und waren mit Dolchen, Schwertern und Keulen bewaffnet. Mischi und Maschi hatten außerdem die beiden Fässchen dabei, die sie von Brigid bekommen hatten. Was sie damit vorhatten, verrieten sie allerdings nicht.

Als Crom wieder aus den Räumen seines Vaters gekommen war, waren sie alle beeindruckt gewesen. Er trug einen

Schuppenharnisch aus gehärtetem, lackiertem Leder, dazu einen Langschild, ein Schwert und einen Speer aus Eschenholz. Podkin hatte sich gleich erkundigt, ob der Speer etwa auch eine Zauberwaffe war, aber Crom hatte nur den Kopf geschüttelt. Wenn irgendwo in Finsterbau eine der Gaben der Großen Göttin versteckt war, musste es etwas anderes sein.

Sie saßen schweigend da, nur Puk schnorchelte leise. Unten im Zeltlager saßen die Gorm am Lagerfeuer und beendeten gerade ihre Abendmahlzeit. Ein Koch hatte Brot und Eintopf gebracht. Wenn Podkins Plan aufging, musste die Wirkung von Brigids Trank jeden Augenblick einsetzen.

Podkin wartete mit angehaltenem Atem.

Die Gorm saßen reglos vor ihren Schüsseln und schienen sich auch nicht zu unterhalten. Wann wurden sie endlich schläfrig?

Na los!, beschwor Podkin sie im Stillen. *Kippt vornüber! Und träumt was Schönes!*

Als hätten sie ihn vernommen, begann einer der Sitzenden zu schwanken. Er schwankte erst vor, dann zurück – und stürzte dann wie ein eiserner Baum mit dem Gesicht voran in den Schnee.

Seine Gefährten reagierten nicht.

Doch dann kippten sie nacheinander um wie Dominosteine, fielen mit scheppernden Panzern zu Boden und blieben schneeüberpudert und schnarchend liegen.

„Es hat geklappt!“, zischelte Paz aufgeregt. „Du bist ein Genie, Pod! Und du auch, Brigid!“

„Man soll seine Möhren nicht verkaufen, bevor sie geerntet sind“, sagte Brigid nur. „Noch seid ihr nicht unten.“

„Aber gleich“, gab Crom zurück.

Der Abstieg war eine Zitterpartie. Sie ließen Brigid und Puk auf der Hügelkuppe zurück und bahnten sich einen Weg durch den hohen Schnee. Podkin rechnete jede Sekunde damit, dass ein Pfeilhagel auf ihre Köpfe niederprasseln würde.

Doch kein einziger Pfeil kam über die Palisade geflogen, und als Podkin und seine Gefährten am Tor angekommen waren, umgab sie eine geradezu unheimliche Stille. Podkin bohrte Sternenklaue in das Holz und schnitt dort, wo der Riegel von innen vorgelegt war, eine kreisrunde Scheibe aus. Als er sie anstupste, landete sie hinter der Palisade.

„Das war kinderleicht“, sagte er zufrieden.

„Denk an die Möhren“, entgegnete Paz.

Crom stieß einen Torflügel auf, und sie betraten das Lager, wobei sie beinahe über zwei Gormkrieger gestolpert wären, die direkt vor dem Tor in Schlaf gefallen waren. Von Nahem sahen sie noch furchterregender aus, aber ihr dröhnendes Schnarchen machte Podkin Mut, sich weiter vorzuwagen – und natürlich auch der Gedanke, dass seine Mutter womöglich ganz in der Nähe war.

Die Zelte waren zu beiden Seiten des Tores aufgebaut, schienen aber alle leer zu sein. Es herrschte eine beinahe friedliche, fast einschläfernde Stimmung – wäre Podkin nicht immer wieder von Angst gepackt worden.

Das lodernde Feuer in der Mitte des Lagerplatzes warf rötliche Lichter auf den Schnee und spielte auf den Panzern der schlummernden Krieger. *Ich habe Brigid gar nicht gefragt, wie lange der Trank wirkt!*, ging es Podkin plötzlich durch den Kopf. *Aber wenn er nur kurz wirken würde, hätte sie uns bestimmt gar nicht gehen lassen … oder?*

Trotzdem beeilte er sich unwillkürlich, huschte auf Zehenspitzen an den Schlafenden vorbei und hielt auf den Pferch am anderen Ende des Lagers zu.

Jedenfalls bis er wie angewurzelt stehen blieb.

Vor ihm ragte wie ein riesiger verfaulter Zahn ein unförmiger Eisenbrocken auf, der Podkin sofort an das Gebilde in der Langhöhle von Rotwasser erinnerte, nur dass dieses hier viel, viel größer war. Es war mit gezackten Stacheln und hässlichen Buckeln übersät wie der Rücken einer Warzenkröte.

Und der Brocken konnte nicht aus gewöhnlichem Metall bestehen, denn er strahlte etwas zutiefst Unnatürliches aus. Eine abgrundtiefe Bösartigkeit. Während ihn Podkin noch betrachtete, landete eine Schneeflocke auf der Oberfläche und verdampfte zischend.

Podkin drehte sich zu Paz um. „Was … was ist das?"

Er flüsterte – aber nicht, weil er Angst hatte, die Gorm könnten aufwachen, sondern weil ihn dieses ... dieses *Ding* ... nicht hören sollte. Gleichzeitig kam er sich albern vor, denn schließlich konnte ein Metallbrocken nicht lebendig sein. Trotzdem ...

„Es erinnert mich an die sonderbare Figur im Rotwasser-Bau", erwiderte Paz mit bebender Stimme. „Aber es ist viel größer – und noch mächtiger, glaube ich, wenn man sich die beiden dort ansieht."

Die beiden dort? Jetzt entdeckte Podkin hinter dem Eisenbrocken zwei Kaninchen. Sie waren mit Ketten gefesselt, und zwar so, dass sie den Brocken anschauen mussten, ohne sich wegdrehen zu können.

Podkin sah, was Paz meinte. Das Weiße ihrer Augen war schon rötlich verfärbt, sie standen so reglos da wie gelähmt und schienen nicht mehr sprechen oder denken zu können. Sie konnten nur noch den Eisenbrocken anstarren.

„Das Ding verwandelt sie", zischelte Podkin. „In *Gorm!*"

„Ich glaube, so vergrößern die Gorm ihre Streitmacht", sagte Mischi, die mit Crom und Maschi dazugekommen war, und es überlief alle fünf eiskalt vor Grauen.

„Ich spüre, welche Kraft davon ausgeht", sagte Crom. „Das Ding zieht mich an, obwohl ich es nicht sehen kann. Lasst uns schnell weitergehen."

Auch die anderen nahmen jetzt einen seltsamen Sog

wahr, als besäße der Eisenbrocken magnetische Kräfte. Als wäre er ein giftiger Magnet, der ihnen den Verstand und den eigenen Willen entziehen wollte. Auf einmal taten Podkin die Gorm fast leid. Auch sie mussten einst friedliebende Kaninchen gewesen sein, nicht anders als er selbst. War dieser Eisenbrocken hier vielleicht der Gleiche, den sie einst in ihrem Stammbau ausgegraben hatten? Der sie unwiderruflich verändert hatte? Wahrscheinlich hätte das überall passieren können, sogar in Gänseblum, wenn der Boden dort Eisenerz enthalten hätte.

Als sie sich abwandten, kam es Podkin vor, als kräuselte sich die harte Oberfläche des Brockens, und eine Art Auge funkelte ihn an. Gleichzeitig wurde Sternenklaue in seiner Pfote plötzlich schwerer und heißer, als würde die Waffe wieder zornig.

Doch beides dauerte nur den Bruchteil einer Sekunde, dann waren Dolch und Eisenbrocken wieder aus leblosem Metall. Hatte Podkin sich das Ganze nur eingebildet? *Konzentrier dich,* ermahnte er sich. *Halte deine Gedanken zusammen. Du stehst mitten in einem Gormlager, und dir kann jeden Augenblick das Fell über die Ohren gezogen werden!*

„Wir müssen uns beeilen!", drängte Paz, und Podkin zwang sich, in die Gegenwart zurückzukehren. Die Anziehungskraft des Eisenbrockens wurde schwächer, als sie sich ein paar Schritte davon entfernten. Sie fassten einander bei den Pfoten, rissen sich endgültig los und eilten weiter zu dem Pferch mit den Gefangenen.

Der Gedanke, womöglich gleich seiner Mutter gegenüberzustehen, ließ Podkin in Laufschritt fallen, bis er schließlich mit gezücktem Dolch über den zertrampelten Schnee rannte.

Als er vor dem Pferch stand, machte er sich sofort daran, den Zaun durchzuhacken. Die Insassen drängten sich auf der Mitte der Fläche zu einem Haufen aneinander, um die Kälte abzuhalten.

„Mutter! Mutter!", rief Podkin – dann erst nahm er richtig wahr, in was für einer elenden Verfassung die Gefangenen waren.

Sie waren halb verhungert – mehr tot als lebendig. Ihr Fell war stumpf und schütter, die Haut schlackerte lose über den Knochen, und ihre Augen blickten matt aus tiefen Höhlen. Obwohl sie den Pferch jetzt hätten verlassen können, rührten sie sich kaum, wandten nur die Köpfe und starrten Podkin ausdruckslos an.

„Mutter!", rief er wieder. „Ich bin's, Podkin! Hat hier jemand meine Mutter gesehen? Lady Enna aus Gänseblum! Oder meine Tante Olwyn?"

Doch er bekam nur ein paar unverständliche Laute zur Antwort. Dann stand auch schon Paz neben ihm, und sie riefen beide nach ihrer Mutter.

Als Podkin schon glaubte, alles sei umsonst gewesen, geriet der Gefangenenhaufen in Bewegung. Er teilte sich in der Mitte, und zwei Kaninchen kamen auf die Geschwister zugewankt. Podkin spürte, wie Paz nach seiner Pfote griff, und beide hielten den Atem an. Es waren zwei in Lumpen gehüllte Weibchen, die da kamen. Als der Mond auf ihre eingefallenen Gesichter schien, sah Podkin, dass ihr verfilztes Fell das gleiche Braun hatte wie das Fell seiner Mutter und seiner Tante. Waren es etwa doch …?

„Mutter!", rief Paz da. „Mutter!"

In den eingesunkenen Augen der beiden blitzte ein Funke des Erkennens auf … dann war es, als tauten Mutter und Tante auf wie zwei gefrorene Blumen in der Sonne.

„Seid … seid ihr das, Kinder?" Es kam heiser und stockend heraus, aber es war eindeutig die Stimme ihrer Mutter. Podkin konnte sich hinterher nicht mehr daran erinnern, wie er auf sie zugestürzt war, doch auf einmal lag er an ihrer Brust, und sie drückte ihn so fest an sich, dass er kaum noch Luft bekam. Paz und ihre Tante machten es genauso. Podkin spürte, wie ihm heiße Tränen aus den Augen quollen, und alle vier schluchzten laut – halb vor Freude, halb vor Kummer.

Es war herrlich.

Umso schrecklicher war es, als das misstönende Krächzen einer Gormkrähe sie unterbrach.

Podkin spähte sofort nach oben und suchte den schwarzen Himmel nach dem Vogel ab, aber Mischi und Maschi waren schneller. *Wusch! Wusch! Wusch! Wusch!*, machte es in rascher Folge, als Schleuder und Blasrohr zum Einsatz kamen. Drei, vier metallgefiederte Knäuel fielen vom Himmel und landeten mit sattem Aufprall im Schnee.

Auch Crom hob Schwert und Schild. „Wir müssen schleunigst hier verschwinden!“ Wo Krähen waren, waren ihre Herren nicht fern, und auch die betäubten Krieger konnten jederzeit wieder aufwachen.

Doch es war schon zu spät.

Hinter ihnen und hinter dem grässlichen Metallbrocken hatten die beiden angeketteten Geschöpfe – halb noch Kaninchen, halb schon Gorm – zu stöhnen begonnen. Es war ein dumpfes, klagendes Stöhnen, als litten sie grausame Schmerzen. Der Brocken erzitterte und summte, als sei er vor Zorn außer sich – als riefe er jemanden herbei. Podkin biss die Zähne so fest zusammen, dass es sich anfühlte, als würden sie gleich abbrechen. *Wen ruft er?*

Er ahnte die Antwort, und ihm wurde ganz schlecht. Doch er riss sich zusammen und hakte seine Mutter ein. Er musste sie von hier wegbringen, ehe sie wieder getrennt wurden.

Im selben Augenblick flog das Tor der Palisade auf.

Der Schnee stob umher, als ein Trupp berittener Krieger in das Lager galoppiert kam. Das Stampfen ihrer gepanzerten Reittiere ließ den Boden erbeben. Sie ritten mitten durch das Lagerfeuer, sodass die Funken hoch aufsprühten, und preschten an dem Eisenbrocken vorbei, der ein schadenfrohes Kreischen von sich gab. Dann kamen sie mit ohrenbetäubendem Klirren und Quietschen vor Podkin und seinen Begleitern zum Stehen. Der aufspritzende Schnee verdampfte auf ihren Panzern.

„Du da!", ertönte eine eisige, metallische Stimme aus den Dampfwolken. Die Stimme eines Ungeheuers, das bedenkenlos jeden abschlachtete, der ihm zufällig in die Quere kam.

Podkin erkannte die Stimme sofort. Wie hätte er sie je vergessen können? Er hörte sie ja jede Nacht in seinen Albträumen, wenn er den Überfall auf Gänseblum wieder durchlebte.

Als er den Kopf hob, erblickte er einen riesigen Gormkrieger. Die schiefen Hörner auf seinem Eisenhelm ließen ihn wie eine gruselige Karikatur des Gottes Herion aussehen.

Es war Scramashank.

„Du da!", wiederholte die Stimme. Podkin ignorierte alle seine Instinkte und trat mit dem Dolch in der zitternden Pfote vor Scramashank hin. Die Zauberwaffe vibrierte leise, als wollte sie ihm Mut machen – was leider nicht klappte.

„Du musst das Balg sein, nach dem wir suchen. Der kleine Ausreißer aus Gänseblum. Schon lustig – da durchkämmen wir ganz Enderby nach dir, und dann stehst du mitten in unserem Außenlager. Und was hältst du da in der Pfote? Ist der Zauberdolch etwa ein Geschenk für mich? Ein kleines Dankeschön dafür, dass ich deinen Vater umgebracht habe?" Es hörte sich beinahe an, als lächelte Scramashank hinter dem eisernen Maskenteil seines Helms. Die Art Lächeln, bei dem man alle Zähne zeigt.

„Lass den Kleinen in Ruhe." Das war Crom, und Podkin spürte, ohne sich umzudrehen, dass der blinde Krieger Kampfhaltung angenommen hatte und bereit war, sein Leben für ihn zu opfern. „Na, hast du die Barthaare, es mit mir aufzunehmen?", forderte er den obersten Gorm heraus.

Scramashank legte nur den Kopf schief, und Podkin wusste auf einmal, dass Crom ihm nicht gewachsen wäre.

„Zurück, Crom!", rief er und trat selbst einen weiteren Schritt auf die Berittenen zu. „Das ist ein Befehl. Geh zurück!"

Crom gehorchte – zu seinem eigenen Erstaunen. Er war viel größer, älter und erfahrener als Podkin, aber er war durch und durch Krieger, und Podkin war nach dem Tod seines Vaters von Rechts wegen ein Anführer. Und so stand Podkin nun ganz allein vor Scramashank – klein und schmächtig, sodass der Dolch in seiner Pfote viel zu groß wirkte.

Podkin hörte auch, wie Paz, seine Mutter und seine Tante ängstlich seinen Namen riefen, kümmerte sich aber nicht darum. Dann sah er aus dem Augenwinkel, wie Mischi und Maschi die Gelegenheit nutzten und unauffällig zum Tor hinaushuschten. Er konnte es ihnen nicht verdenken.

„Ja, das ist der Zauberdolch, hinter dem du her bist!" Podkin gab sich Mühe, mit genauso fester, unerschrockener

Stimme zu sprechen wie damals sein Vater, als er Scramashank entgegengetreten war, aber leider klang seine eigene Stimme ziemlich zittrig. Er ließ sich davon nicht beirren. „Das ist Sternenklaue. Was willst du mit der Waffe?"

„Sie vernichten, was sonst? Ich will alle Zwölf Gaben der Großen Göttin vernichten. Der heilige Helm von Sandufer war erst der Anfang." Scramashank tat so, als zerquetschte er etwas in der gepanzerten Faust, und gleichzeitig knurrte der Eisenbrocken gierig.

„Aber warum?", gab Podkin zurück. „Ich verstehe das nicht. Warum willst du eine so einmalige Waffe vernichten? Was hast du denn davon?"

Scramashank schnaubte ärgerlich und griff nach seinem Schwertknauf, als wollte er Podkin hier und jetzt einen Kopf kürzer machen, aber dann konnte er der Versuchung doch nicht widerstehen, sich aufzuspielen. Schließlich hörten ihm alle gespannt zu.

„Schon mal von der Waage gehört? Das ist das Gleichgewicht zwischen unserem Gebieter und der Natur. Es sorgt dafür, dass keins von beidem übermächtig wird. Wenn ich aber die Zwölf Gaben vernichte, ist endlich Schluss mit dem Gleichgewicht, Schluss mit den Kaninchenstämmen und ihren albernen Festen und Feiern. Dann gibt es nur noch uns Gorm!"

Podkin begriff mit einem Mal, dass die Gorm wie eine ansteckende Krankheit waren, eine Seuche. Sie wollten sich über alle Fünf Länder ausbreiten und alles erobern. Ihn packte die Wut.

„Ich finde das nicht in Ordnung!", platzte er heraus. „Was ist mit der Großen Göttin? Und mit all den anderen Göttern, Göttinnen, Naturgeistern und so weiter? Und wer sagt überhaupt, dass ihr Gorm die einzig richtige Lebensweise habt? Warum sollen wir uns von euch versklaven lassen, bloß weil ihr diese blöden Eisenpanzer tragt? Das ist … das ist einfach ungerecht!"

Scramashank saß auf seiner Riesenratte, sah auf Podkin herab und antwortete nicht. Podkin überkam die unsinnige Hoffnung, seine Worte könnten durch den dicken Panzer bis in Scramashanks Herz gedrungen sein – wenn er denn eines besaß. War vielleicht der Stammesführer von früher noch in ihm lebendig? Hatte er ihnen zugehört und kämpfte jetzt gegen das Gift an, das seine Seele zerfraß?

Doch als Scramashank wieder das Wort ergriff, war seine Stimme genauso eiskalt und herzlos wie vorher.

„Ihr beschränktes Kaninchenpack begreift einfach nicht, dass wir Gorm die Krone der Schöpfung sind! Tja, ich nehm's euch nicht übel. Auch ich war einst ein armer Tropf, ein schwacher, von Zweifeln geplagter Anführer, der immer Angst hatte, irgendetwas falsch zu machen. Ich bin mit einem Kupferpott auf dem Kopf rumgelaufen wie der letzte Idiot.

Heute jedoch kenne ich keine Zweifel, Ängste und Schwächen mehr. Ich bin stark und entschlossen und weiß genau, was ich will. Das könnt ihr Mickerlinge aus Fleisch und Blut natürlich nicht verstehen. Die ganze Welt gehört Gormalech! Man hat ihn mit einer List daraus vertrieben, aber jetzt holt er sie sich zurück. Blut und Eisen werden über euch kommen und alle eure Stämme, Götter und Göttinnen auslöschen!"

Wie zur Bestätigung kreischte der Eisenbrocken auf, und diesmal sah Podkin ganz deutlich, wie Stacheln und gezähnte Haken an die Oberfläche drängten. Die anderen Gormreiter erschauerten, einige stießen auch Jubelrufe aus. Nein, es hatte keinen Zweck, an ihre Vernunft zu appellieren. Sie verkörperten das Böse, waren blind für alles, was die Welt Gutes zu bieten hatte. Diese Erkenntnis brachte ihn endgültig zur Besinnung. Er war nicht mal halb so groß wie der oberste Gorm ... na und? Der Zauberdolch konnte gegen Scramashanks Eisenpanzer nichts ausrichten ... na und?

Podkin richtete sich so hoch auf, wie er konnte, und gellte: „Ich fordere dich zum Zweikampf heraus, Scrama*stink!* Du wirst schon sehen, was ein richtiges Kaninchen vermag! Du kannst mich aber auch umreiten, das ist mir egal. Ich bin Podkin, Lopkins Sohn, Anführer des Gänseblum-Stammes – und du bist ein elender Feigling!"

Damit stürzte er sich mit Gebrüll auf Scramashanks Reittier, holte mit dem Dolch aus und traf die Ratte dicht unter dem linken Auge.

Klonk! Klonk! Klonk! Scramashank sah belustigt auf ihn herunter. „Gegen Eisen ist dein Dolch machtlos, du Dummkopf", sagte er. „So kannst du meine Ratte nicht töten."

Podkin machte unbeirrt weiter. „Ich will sie ja gar nicht töten ... *Klonk!* Ich will meinem Freund ... *Klonk!* ... nur zeigen, worauf er ... *Klonk!* ... mit seinem Speer zielen muss!"

Etwas pfiff durch die Luft, dann vernahm man ein schmatzendes *Spotz!* Eben hatte die Ratte den tobenden Podkin noch drohend angefunkelt, im nächsten Moment ragte ein meterlanger Eschenholzspeer aus ihrer Augenhöhle. Die Ratte gab ein ersticktes Quieken von sich und brach zusammen. Scramashank landete kopfüber im Schnee.

Podkins Mutter und Tante, Paz und die befreiten Gefangenen brachen in Jubelrufe aus, verstummten aber sofort, als die anderen Gorm ihrerseits die Lanzen hochrissen – und Scramashank sich wieder erhob.

Mit zornlodernden roten Augen schritt der oberste Gorm um sein totes Reittier herum. Er hatte sein gewaltiges Schwert gezogen und sah furchteinflößender und mordlustiger aus als jemals irgendein Kaninchen vor ihm und nach ihm.

Mist!, dachte Podkin. *Was mache ich denn jetzt?* In seinem Plan hatte die gepanzerte Ratte Scramashank unter sich begraben sollen, sodass sie alle hätten fliehen können. Es war nicht vorgesehen, dass er tatsächlich zum Zweikampf mit dem Ungeheuer antreten musste.

Erinnere dich ... Wieder klang die Stimme in seinem Hinterkopf verdächtig nach seinem Vater. Sie hatte den freundlich-belehrenden Tonfall, in dem Lopkin seinem Sohn immer wieder versucht hatte zu erklären, was einen guten Stammesführer auszeichnete. *Erinnere dich an das, was du bei Crom gelernt hast. Scramashanks Panzer kannst du nicht durchbohren, seine Schwerthiebe parieren aber schon. Außerdem bist du viel kleiner und beweglicher als er. Also nur Mut! Ärgere ihn und duck dich weg, heißt die Devise.*

Das ließ sich Podkin nicht zweimal sagen. Mit einem Kampfschrei sprang er zwischen Scramashanks Beinen hindurch und duckte sich, als sein Gegner unbeholfen mit dem Schwert hinter sich herumfuchtelte.

Scramashanks Panzer klirrte, als er sich umdrehte, doch Podkin brachte sich mit einem flinken Satz außer Reichweite, und die eiserne Schwertklinge bohrte sich in die Erde.

„Du kannst so viel springen, wie du willst, kleine Ratte – ewig hältst du das nicht durch." Scramashank klang zugleich belustigt und siegessicher. „Wenn du müde wirst, rasple ich dich wie eine Möhre."

„Das werden wir ja sehen!" Podkin sprang nach rechts und nach links, er duckte sich und täuschte an, und die tödliche Schwertklinge verfehlte ihn immer wieder um Barthaaresbreite. Aus dem Augenwinkel sah er, wie Crom und Paz nach ihren Waffen tasteten, bereit, ihm jederzeit zu Hilfe zu eilen.

Stiefel! Das war wieder die Stimme seines Vaters, aber diesmal klang sie eindringlicher. Podkin duckte sich unter einem gefährlich niedrigen Schwerthieb hindurch und überlegte, was ihm diese Aufforderung sagen sollte.

Stiefel? Was war damit? Dann dämmerte es ihm.

Scramashanks Stiefel waren nicht aus Eisen, sondern aus Leder. Schwere schwarze Schaftstiefel. Kein Problem für Sternenklaue.

Er stand gerade wieder zwischen den Beinen seines Gegners. Ohne Zögern zielte er mit dem Dolch auf die Stelle über Scramashanks Knöchel. Die Klinge durchtrennte das dicke Leder so mühelos wie einen Grashalm.

Hoch über sich hörte er einen Schmerzensschrei, dann spritzte etwas Rotes auf den weißen Schnee. Der Geruch von erhitztem Eisen stieg Podkin in die Nase, und er hörte es zischen, als der Schnee verdampfte. *Blut!*, schoss es ihm durch den Kopf, dann brach Scramashank zusammen. Er hielt sich das Bein und heulte so laut, dass Podkin die Ohren wehtaten. Zum allerersten Mal hörte sich der oberste Gorm wie ein ganz gewöhnliches Kaninchen an.

Als Podkin aufblickte, stellte er fest, dass die übrigen Gormreiter die Waffen auf ihn gerichtet hatten. *Das war's dann wohl. Jetzt spicken sie mich mit ihren Lanzen wie einen Igel.*

Doch stattdessen erscholl ein donnerndes Krachen. Es kam von dem Eisenbrocken her. Eine Blume aus rötlichem Licht blühte auf, dann folgte das nächste Krachen und das übernächste, und Scramashanks Geheul wurde übertönt.

Von dem grellen Licht tränten Podkin die Augen, und in seinen Ohren klingelte es. War jetzt der Weltuntergang gekommen? Doch dann erblickte er Mischi und Maschi. Die beiden Zwergkaninchen schwenkten brennende Fackeln und liefen laut rufend zwischen den Gorm hindurch. *Das Knallpulver! Die beiden sind nicht geflohen – sie haben nur Brigids Fässchen geholt!*

Die Riesenratten bäumten sich auf und gingen durch, die Reiter konnten sich nur noch an den Sätteln festklammern. Wenn zwei Ratten in ihrer Panik zusammenstießen, schepperten ihre Panzer laut und verschreckten die Tiere noch mehr.

„Gut gemacht, Kleiner." Crom legte Podkin eine große Pfote auf die Schulter. Mit der anderen Pfote hatte er sein Schwert gezogen. „Aber die Schlacht ist noch nicht zu Ende."

„Seht mal!" Mischi zeigte aufgeregt auf den Hügel, auf dem sie Brigid und Puk zurückgelassen hatten. „Was ist das?"

Alle drehten sich um. Auf dem Hügel stand mit zum Himmel erhobenen Vorderläufen eine hohe Gestalt im langen Gewand. Brigid! Hinter ihr wallte jetzt eine Nebelwand auf wie eine hohe Welle, brach sich an der Hügelflanke und schwappte über die Palisade des Gormlagers.

Podkin und die anderen standen wie angewurzelt da. Der Nebel hüllte sie von oben bis unten ein. Er war angenehm kühl und duftete lieblich nach einer Mischung aus frischem Kiefernharz, jungem Laub und Sommertau.

Die Gorm erquickten sich nicht daran, sondern griffen sich an die Kehlen und fielen hustend und röchelnd zu Boden. Ihre verstörten Reittiere trampelten über sie hinweg.

Podkin spähte zu dem Eisenbrocken hinüber, der nach der Explosion Schlagseite hatte. Podkin glaubte zu sehen, wie er sich krümmte und zuckte. Und als die nächste Nebelwoge heranrollte … sprossen da etwa Wurzeln und grüne Ranken aus dem Boden, wickelten sich um den Brocken und zogen ihn mit Macht wieder unter die feuchte dunkle Erde?

Wie auch immer – als sich der Nebel lichtete, war der Brocken jedenfalls verschwunden, und dort, wo er gestanden hatte, gähnte ein Loch im Boden.

Dann merkte Podkin, dass Paz ihn schüttelte und ihm ins Ohr schrie: „Du warst toll, Pod! Wie ein echter Stammesführer!“ Sie drückte ihn kurz und kräftig … dann passierte alles gleichzeitig.

Die Gefangenen waren endlich zu sich gekommen und hasteten zum Tor. Mischi und Maschi zeigten ihnen, in welche Richtung sie laufen sollten. Crom hatte Podkins Mutter und Tante Olwyn bei den Pfoten genommen und zog sie hinter sich her. Brigid und Puk waren vom Hügel heruntergekommen und schlossen sich der Schar an.

Irgendwer hatte den Proviantkarren mit seinem ausgemergelten Zugtier herbeigeholt. Wer von den Gefangenen zum Laufen zu schwach war, kletterte auf die Ladefläche, dann rumpelte das Gefährt ebenfalls in Richtung Wald.

Podkin drehte sich um. Er war immer noch so durcheinander, dass er sich fragte, ob er das alles vielleicht nur geträumt hatte. Scramashank rührte sich nicht mehr. Neben ihm lag seine gepanzerte Ratte, und vor ihm stand sein Stiefel – mit der abgetrennten Hinterpfote drin.

Soll ich den Stiefel als Trophäe mitnehmen?, ging es Podkin durch den Kopf. *Vielleicht bringt er mir ja Glück.*

„War ich das?", entschlüpfte es ihm.

„Allerdings, Brüderchen." Als er aufblickte, las er unverkennbar Stolz in Paz' Blick. So hatte sie ihn noch nie angesehen! „Aber werd jetzt bloß nicht eingebildet", setzte sie hinzu. „Du bist immer noch ein nerviges kleines Wieselhirn."

Sie hatten ihre Mutter befreit, den Tod ihres Vaters gerächt, und im Wald wartete ein neues Zuhause auf sie … Podkin fühlte sich auf einmal so leicht wie Mondlicht. Er strahlte übers ganze Gesicht wie der Sternenhimmel, als er den Zauberdolch wieder wegsteckte und zusammen mit seiner Schwester schnell wie der Wind hinter den anderen herlief.

Das Ende vom Anfang

Der Barde legt die Vorderpfoten aneinander und verneigt sich – die Geschichte ist zu Ende.

Die Kaninchenkinder jubeln, entzückt darüber, dass Podkin den bösen Scramashank besiegt hat, und auch die Erwachsenen klatschen Beifall. Aber dann hagelt es Fragen, und alle reden durcheinander.

„Wie ging es weiter?"

„War Scramashank tot?"

„Hat sich Podkins Mutter wieder erholt?"

„War das das Ende der Gorm?"

„Sind Podkin und alle anderen nach Finsterbau zurückgekehrt?"

Der Barde hört sich das Stimmengewirr eine Weile gelassen an, dann hebt er die Vorderpfoten. Die Kaninchenkinder beruhigen sich wieder und setzen sich brav hin.

„Das sind berechtigte Fragen“, sagt der Barde, „aber die Geschichten, in denen sie beantwortet werden, müssen noch eine Weile warten. Die Kleinen gehören ins Bett, sonst kommt das Winterkaninchen heute Nacht nicht vorbei.“

„Bist du denn morgen Abend noch hier?“, fragt eins der Kinder, das kaum noch die Augen offen halten kann. Der Barde sieht Hubert an, und der beleibte Stammesführer nickt schmunzelnd.

„Sieht ganz so aus“, sagt der Barde daraufhin, „und vielleicht ja auch noch ein bisschen länger. Auf jeden Fall über die Feiertage.“

Das löst bei den Kindern neuerlichen Jubel aus, dann steht eins nach dem anderem auf und läuft zu seinen Eltern. Nur zwei bleiben sitzen – das vorwitzige Mädchen und Huberts besonnener Sohn.

„Ich kapier's immer noch nicht“, sagt das Mädchen. „In allen anderen Geschichten, die ich gehört habe, ist Podkin ein starker, tapferer Held, aber in deiner Geschichte ist er ein ängstliches Kind wie wir.“

„Ganz recht“, entgegnet der Barde. „Podkin war genauso ein Kind wie ihr. Um Großes zu vollbringen, muss man kein starker, tapferer Held sein.“

Die Kleine lässt nicht locker. „Aber warum hast du uns

ausgerechnet *diesen* Teil der Geschichte erzählt? Ich hätte lieber etwas über Podkins Heer gehört und darüber, wie er die Gorm ein für alle Mal, endgültig und für alle Zeit besiegt!"

„Geschichten haben einen Anfang, eine Mitte und ein Ende", gibt der Barde zurück. „Heute habe ich bis zum Ende vom Anfang erzählt."

„Mir hat die Geschichte gefallen", mischt sich Huberts Sohn ein, und der Barde lächelt ihn erfreut an. „Ich fand sie *sehr* gut."

„Das ist nett von dir."

„Sie war sehr realistisch. Fast ein bisschen *zu* sehr …"

„Worauf willst du hinaus?", fragt der Barde. „Du brauchst nicht lange drum herumzureden – ich würde jetzt nämlich gern noch ein, zwei Krüge Met trinken und vielleicht noch ein bisschen Suppe essen."

„Ich will darauf hinaus", antwortet Huberts Sohn, „dass du offenbar sehr viel über Podkin weißt, sonst hättest du ihn uns nicht so gut beschreiben können. So viel kann eigentlich nur jemand wissen, der *selbst dabei* war."

„Soso." Ein verschmitztes Lächeln umspielt das Maul des Barden.

Die Augen des Mädchens werden groß wie Suppenschüsseln. „Waaas? Glaubst du etwa, der Barde hier ist Podkin? Glaubst du, dass Podkin ein reisender Geschichtenerzähler geworden ist?"

Der Barde selbst äußert sich nicht dazu.

„Na ja", sagt Huberts Sohn, „er hat die ganze Zeit die Kapuze aufgelassen. Warum? Vielleicht, weil er seinen Ohrstummel darunter versteckt?"

Der Barde lacht und greift sich an den Kopf. Die beiden Kinder halten den Atem an, als er die Kapuze abstreift ... und zwei unversehrte, blau tätowierte Ohren zum Vorschein kommen.

„Ich fühle mich geschmeichelt", sagt der Barde, „aber leider bin ich nicht Podkin. Ich habe mir die Geschichte selbst erzählen lassen, und meine Fantasie hat sie ein bisschen ausgeschmückt, damit sie realistischer klingt. Mit ganz alltäglichen Einzelheiten und Gefühlen. Mit ein bisschen Bardenmagie."

Beide Kinder machen enttäuschte Gesichter und werden verlegen. Das Mädchen verpasst seinem Freund einen Knuff, weil er so dumm gewesen ist. Dann ziehen auch sie ab, um ins Bett zu gehen.

Der Barde wird von Hubert mit einem kräftigen Schulterklopfen belohnt, nimmt sich einen vollen Metkrug und durchquert damit die Langhöhle. Er tritt seinen Platz am Feuer an die Kapelle ab, denn die Eltern der Kinder wollen jetzt die Frostpolka tanzen und die alten Lieder singen. Da würde ein Geschichtenerzähler nur stören.

Der Barde sucht sich eine Bank in einem entlegenen Winkel, auf der nur noch ein anderes Kaninchen sitzt, ein Greis, der beim Schein einer Kerze an einem Holzstück herumschnitzt. Der Barde nimmt neben ihm Platz und prostet ihm mit dem Metkrug zu.

„Gesegnete Frostnachten."

„Das wünsche ich dir auch", sagt der Alte. „Schöne Geschichte übrigens."

„Danke."

„Aber so verzogen, wie du mich geschildert hast, war ich nun doch nicht."

Der Barde mustert das graue Fell und den schütteren Bart des Alten, seine wässrigen Augen, die zitternden Pfoten und verblassten Narben. Er sieht wie ein ganz gewöhnlicher ausgedienter Krieger aus, wie man ihm in jedem Bau landauf, landab begegnet.

Aber das täuscht.

Der Barde lacht wieder und zieht seinen großen Bruder an sich, wobei er achtgibt, dass dabei das künstliche Ohr nicht verrutscht, das auf dem Kopf des Alten festgebunden ist. „Dein Gedächtnis lässt nach, Pod. Du warst entsetzlich verzogen!"

„Mag sein. Ich freue mich trotzdem, dich wiederzusehen, Puk."

„Ich freue mich auch. Wir haben viel zu viele Frostnachten getrennt verbracht."

„Stimmt."

Und so sitzen die beiden Brüder einträchtig nebeneinander, lauschen der Musik und dem Gesang und sehen den Tänzern zu. Sie sitzen Pfote in Pfote da und denken an all die vergangenen Frostnachten, an all die Geschichten, die sich zwischen damals und jetzt ereignet haben, und daran, wie sich ihr Leben an einem Abend wie diesem – lang, lang ist's her – unwiderruflich verändert hat.

Podkin, Paz und Puk
sind vorerst in Sicherheit – doch
der Barde ist noch lang nicht
am Ende seiner Geschichte angelangt!

**Wie das Abenteuer weitergeht,
erzählt er in Band 2:**

**Erscheint
im Herbst 2018**

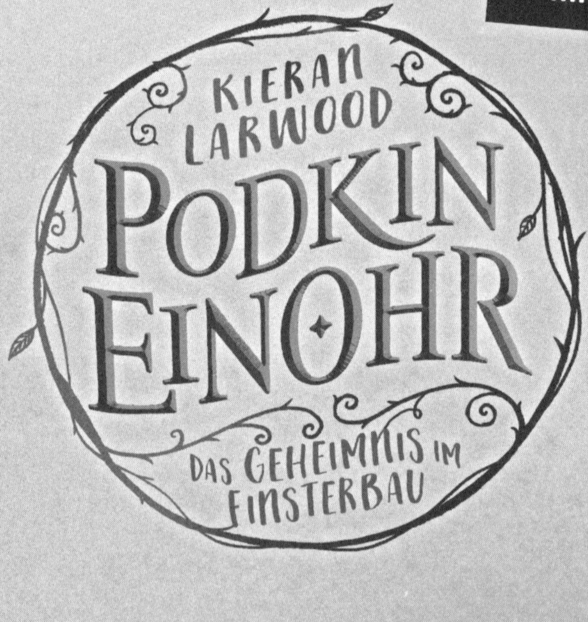

LESEPROBE

„Podkin Einohr. Das Geheimnis im Finsterbau"
(Band 2)
von Kieran Larwood
ISBN 978-3-473-40822-1

Die drei Geschwister standen am Rand des Erdlochs und spähten hinein. Im hellen Schein der beiden Lampen konnte Podkin die in die Tiefe führenden Stufen noch besser erkennen. Sie waren so unregelmäßig und uneben, als wäre die Treppe in großer Eile errichtet worden.

„Vielleicht liegt unter diesem Bau ja noch ein zweiter", mutmaßte Podkin.

„Kann gut sein", erwiderte Paz. „Finsterbau zählt zu den ältesten Behausungen in dieser Gegend. Es könnte aber auch ein alter Weinkeller oder so etwas sein."

„Dann hätte Brigid bestimmt nicht darauf bestanden, dass wir uns dort umschauen. Kommt, wir gehen runter." Podkin hatte zwar immer noch ein bisschen Angst, dass sie bei einem Einsturz lebendig begraben werden könnten, aber dass Brigid die Sache so wichtig nahm, spornte ihn an. Er schob sich im Sitzen über den Rand des Loches und tastete mit der Hinterpfote nach der obersten Stufe.

„Wollen wir nicht lieber noch mal umkehren und ein Seil

holen?", fragte Paz und reichte ihm Puk an, ehe sie selbst hinterherkletterte.

„Ach was", sagte Podkin. „Guck doch mal!"

Er stand schon am unteren Ende der provisorischen Treppe und ließ den Lichtschein seiner Lampe durch einen großen, runden Raum wandern. Die Erde an der Decke war locker. Große Brocken waren schon herabgefallen, nur ein kleines Stück Boden war noch frei. Ein dichtes Wurzelgeflecht durchzog die Lehmwände, aber einst musste hier ein prächtiger Saal gewesen sein, fast so weitläufig wie die Langhöhle darüber.

„Uiii!", machte Puk und sah sich mit staunend aufgerissenen Augen um.

„Der Boden!", rief Paz aus.

Als Podkin genauer hinsah, erkannte er zwischen den Erdklumpen unzählige kleine Lehmfliesen, die ein kunstvolles Muster aus verschlungenen Kringeln und stilisierten Kiefernzapfen bildeten.

Ein Mosaik, ging es ihm durch den Kopf. Der Begriff war daheim in Gänseblum im Geschichtsunterricht vorgekommen. Mosaikböden waren etwas ganz Besonderes und so empfindlich, dass man sie nur vorsichtig betreten durfte.

„Ich glaube, das hier ist alles uralt", sagte er.

Paz nickte. „Da hinten ist übrigens eine Tür."

Als sie hingingen, knirschte die lose Erde unter ihren Pfoten. Die Tür bestand aus dickem Eichenholz, und in den Rahmen waren verschlungene Zweige geschnitzt. Podkin befühlte die Schnitzerei, doch das vom Alter geschwärzte Holz fühlte sich eindeutig leblos an, fast wie Stein. Auch hier diente ein Kupferring in der Mitte der Tür als Griff, aber statt eines Schlüssellochs war in das Holz ein erhabener Kreis aus Steinen eingelassen, in die sonderbare Symbole geritzt waren.

Podkin wollte die Tür aufdrücken, aber er hätte genauso gut versuchen können, einen Felsen wegzuschieben. „Abgeschlossen", sagte er.

„Ach nee!", spottete Paz zu seinem Ärger. „Aber sieh dir doch mal die Steine an. Kommen dir die Zeichen darauf nicht bekannt vor?"

Puk, den Paz immer noch auf der Hüfte trug, hatte mit großen Augen die Schnitzereien auf dem Türrahmen betrachtet, doch als Paz Podkin nun auf die Steine hinwies, strampelte er wild und versuchte, mit den Patschpfötchen nach ihnen zu greifen.

„Oche! Oche!", quiekte er.

Paz hatte alle Mühe, ihn festzuhalten. „Fass hier lieber nichts an, Puk. Und zappel nicht so!"

„Ich glaube, er meint ‚Knochen'", sagte Podkin. Puk war ganz versessen auf Brigids geschnitzte Orakelknochen, und als sie seinerzeit in der Vagabundensiedlung mit Knochenwürfeln um Geld gespielt hatten, hatte der Kleine geradezu übernatürliches Glück gehabt. „Die Zeichen auf den Steinen sehen aus wie die auf Brigids Orakelknochen, stimmt's, Puk? Lass ihn die Tür ruhig anfassen – vielleicht bekommt er sie ja auf."

„Das glaubst du doch selber nicht", sagte Paz abfällig, trat aber näher an die Tür heran. Puk fuhr die Zeichen mit der Pfote nach und schob die Steine hin und her, wobei es mehrmals vernehmlich *Klick!* machte.

„Wart's ab!" Podkin verschränkte die Vorderpfoten vor der Brust.

Paz ließ sich nicht beirren. „Es sind zehn Steine – das macht Hunderte möglicher Kombinationen. Woher soll Puk wissen, welche …"

Ein lautes Poltern unterbrach sie, und die Tür schwang ächzend auf.

„Los, kommt!" Podkin drängte sich an Paz vorbei. Ihre entgeisterte Miene befriedigte ihn zutiefst.

Auch in dem Raum hinter dieser Tür war die Decke teilweise eingestürzt, auch hier war nur noch ein kleines Stück Boden frei, und auch hier gab es einen prachtvollen Mosaikboden und mit Malereien geschmückte Wände.

„Was das hier wohl mal war?", überlegte Podkin halblaut.

„Na ja … wenn der Raum davor die ehemalige Langhöhle ist, könnte hier der Stammesführer gewohnt haben", entgegnete Paz.

Das Privatgemach des Stammesführers … Das würde die

aufwendige Ausstattung erklären. Aber warum hatte Sternenklaue sie ausgerechnet hierher geführt? Denn abgesehen von ein paar Holztrümmern, die unter der herabgefallenen Erde halb verschüttet waren, war von der Einrichtung nichts mehr übrig.

Paz ging zu dem Trümmerhaufen und leuchtete ihn mit ihrer Lampe an. „Das könnte das Bett gewesen sein", sagte sie. „Hier ist sogar ein Name hineingeschnitzt – siehst du?"

Auch Podkin richtete den Lichtschein seiner Lampe auf das zerbrochene Möbel. Auf einem Brett, bei dem es sich um das Fußteil des Bettes handeln mochte, waren tatsächlich vertiefte Linien zu erkennen. Leider konnte er selbst keine Runenschrift lesen, Paz aber schon.

„Was steht denn da?", fragte er.

„Es ist ein bisschen schwer zu erkennen, weil das Holz schon so morsch ist … Es könnte ‚Schatten' heißen."

„Gab es denn in Finsterbau mal einen Stammesführer, der so hieß?" Irgendwie kam der Name Podkin bekannt vor.

„Na klar!", rief Paz da aus. „Schatten, der Verfluchte! Als ich mit Brigid in der Bibliothek war und nach Arzneirezepten gesucht habe, sind wir auf einen Text über ihn gestoßen. Brigid wollte unbedingt, dass ich ihn lese."

„Manchmal fände ich es einfacher, wenn Brigid offen mit uns sprechen würde, statt uns immer nur versteckte Hinweise zu geben", sagte Podkin. „Was stand denn in dem Text?"

„Das weiß ich nicht mehr so genau", entgegnete Paz bedauernd. „Ich habe ihn nur überflogen und nicht begriffen, dass mir Brigid damit einen Hinweis geben wollte. Ich glaube, dieser Schatten war irgendwie schuld daran, dass auf Finsterbau ein böser Fluch lastete. Deshalb sind die Bewohner wahrscheinlich auch so eilig ausgewandert, als Crom nicht ihr Anführer werden wollte. Wer will schon in einem verfluchten Bau leben?"

„Wir anscheinend." Podkin zog Sternenklaue aus der Scheide und hielt ihn über das zerbrochene Bett. Diesmal sah man richtig, wie der Dolch in seinen Pfoten ausschlug.

„Was machst du da?", wollte Paz wissen.

„Sternenklaue spielt verrückt", gab Podkin zurück. „Er will mich auf irgendetwas hinweisen, das hier unten zu finden ist."

„Vielleicht ein Schatz?" Podkin hatte seiner Schwester schon anvertraut, dass der Dolch manchmal vibrierte oder sich bewegte, als sei er lebendig. „Oder eine der Zwölf Gaben?", setzte Paz hinzu. „Crom sagt doch immer, dass er nicht weiß, was aus der Gabe von Finsterbau geworden ist."

„Das wäre eine Möglichkeit!" Podkin war jetzt fast so aufgeregt wie seine Zauberwaffe. Womöglich waren er und seine Geschwister diejenigen, die das verschollene Geschenk der Göttin wiederfanden!

Sogleich fing er an, den Raum mit ausgestrecktem Dolch

abzuschreiten, und achtete darauf, wo Sternenklaue ausschlug. „Hier ist nichts … und hier auch nicht … Es muss irgendwo in der Nähe des Bettes sein."

„Bett! Bett!", quiekte Puk, als wollte er Podkins Vermutung bestätigen. Als Podkin die Dolchspitze auf den Mosaikboden am Fußende des Bettes richtete, hüpfte ihm die Waffe beinahe aus den Pfoten.

„Hier könnte etwas sein", sagte er. „Aber wie sollen wir es ausgraben? Wir haben ja keine Schaufel dabei."

„Und was ist mit deinem Dolch? Der durchtrennt alles … schon vergessen?" Paz schüttelte tadelnd den Kopf, und der kleine Puk machte es ihr nach.

„Äh … ach so", sagte Podkin verlegen und rammte den Dolch in den Fußboden, auch wenn es ihm um das schöne Mosaik leidtat. Er schnitt einen unregelmäßigen Kreis aus und hebelte ihn mit der Klinge hoch.

Tatsächlich kam eine flache Grube zum Vorschein, die jemand offenbar ausgehoben und anschließend mit der Lehmschicht des Bodens abgedeckt hatte. In der Grube lag ein völlig vermoderter Lederbeutel. Als Podkin danach griff, zerfiel das Leder endgültig, und etwas Metallisches blinkte auf.

Seit Kieran Larwood mit sechs Jahren den *Hobbit* gelesen hat, begeistert er sich für Geschichten und fürs Geschichtenerzählen. Er hat an der Universität Southampton Englische Literatur studiert und ist Lehrer an einer Grundschule. Mit seiner Familie lebt er auf der Isle of Wight, und seine Arbeit, seine Kinder und das Schreiben lassen ihm kaum genug Zeit zum Schlafen.

14
13
47